脳卒中からの改善　2
可能性を信じて!!

吉村正夫

吉村正夫の脳画像

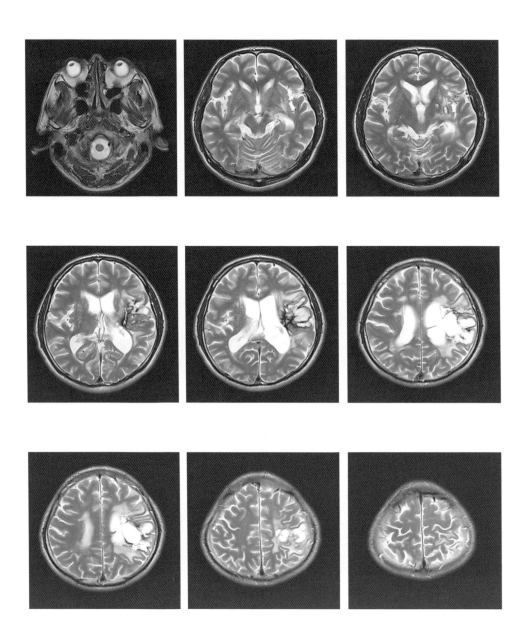

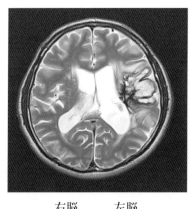

右脳　　　左脳

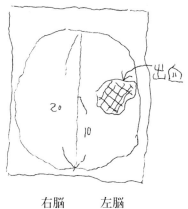

右脳　　　左脳

（前ページの写真は、私の脳を断層撮影したものです。
画像は、反転しているかもしれないが、文章通りで合っています。）

吉村正夫の脳。

私が、被る帽子は、58cm。円周率、3.14。
概算　円の直径は、20cm。半径は、10cm。出血範囲は、8cm。

右半身不随
　　　　　（左脳が出血。神経は、交差している。）

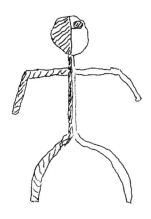

右脚、右手　　　　　　　　　　　　左脚、左手

医師の話によれば、５cm以内ならば、手術可能。
だけど、広がりすぎて、手術は、不可能・・・・・・・・

「脳卒中からの改善　2」の前書き。

この本は、「脳卒中からの改善　1」の、続編です。
「脳卒中からの改善　1」を、"読んでいない。"と言われる方は、
　　　　　　まずは、「脳卒中からの改善　1」を、読んで下さい。

「脳卒中からの改善　1」を、読まないで、いきなり、
「脳卒中からの改善　2」を読み始めても、**意味が無いです。**
　　　　　　　　　　　　　　　　　　　　　よろしくお願いします。

「脳卒中からの改善　2」は、
　　前半：「失語症・右半身不随・高次脳機能障害との闘い」、
　　後半：『脳卒中は、治りますか？』、
　　終わりに：「倒れてからでは、もう、遅い！！　予防編
　　　　　　　　　『脳卒中は、治りますか？』」に、なっています。

なお、当時の私の記憶・記録に従って、書きました。
法律は、順番に変わっていきます。　悪しからず、ご了承ください。

もし、私のホームページが、残っていたら、参考にして下さい。

http://www13.plala.or.jp/yosimuramasao/

「脳卒中からの改善　2」の目次

　　　本当の意味での失語症等の苦しみは、分かりますか？
　　　それは、言葉等が出ないことによる、恐怖感、孤独感、
　　　　　そして、もう死にたいという絶望感です。
　　　　　　　よって、閉じこもってしまう。

後半の目次（『脳卒中は、治りますか？』）は、
　　　76ページに、あります。　詳細は、そちらで、読んで下さい。

また、終わりに（「倒れてからでは、もう、遅い！！　予防編」
　　　『脳卒中は、治りますか？』）は、129ページ以降にあります。

２０１０年

［2010年７月２９日］　中津高校で講演会、終了。
　もう、「先生」とは、お別れです。　ありがとうございました。

［１２月１４日］　目標設定　全国版の本を出そう！！
　　　　　　出版社、十数社、原稿を出しましたが、
　　　　　　　いずれも、よい、返事は、帰って来ませんでした。

２０１１年

［１月２３日］　倒れてから、まる４年、経過。

［2011年３月］
　　私：ちょっと、見て！！
　　　　脚を、抱えることも、出来るようになったよ！！

　　野村正成先生、原司先生、加納利恵先生、皆、ビックリ！！
　　　"よくもまあ、頑張ったね！！　腰回りが、太くなったね！！"

　　脚を、抱えた写真。

　　（脳卒中の重度の方は、どうしても、これが出来ないそうです。
　　　私の右脚も、筋緊張しています。）

加納先生が言う。
"右脚のみで、踏ん張って、ブリッジをやってみようか？"

アッ！！

加納先生が、助言してくれる。
"臀部、踵よりも、膝のお皿の位置を意識すればいいよ！"
（でも、上手くいかない・・・
　　　　　　　　写真のように、「グッシャ！！」となってしまう。）
（私は、股関節が、亜脱臼しているような感じだが、
　　　大腿骨・骨盤辺りでは、亜脱臼は、ほぼ、起きないそうです。
　　　上腕骨・肩関節辺りと、大腿骨・骨盤辺りとは、
　　　　　　　　　　　　　　　　　　構造が違うそうです。）

[2011年１０月]
　　　宮嶋智恵子先生（シクラメンの理学療法士）が、来る。

私　　：がに股を、治すにはどうすればいいですか？
宮嶋：今まで、何不自由なく生活していたが、
　　　　　　　　　　　　　　今度は、そうもいかなくなる。
　　平行棒に捕まってやるといい。（平行棒の写真は、省略。）
　　　ふとももの付け根を、意識すれば良い。（写真、図、参照。）

宮嶋：これを直さないと、
　　　　　　将来的に、腰痛の原因になってしまいます。

ぶんまわし歩行：まひ側の関節が、十分に動かず、足が伸びている。
　　大腿直筋等ありますが、個々の筋を意識することは難しいので、
　　　膝を曲げて、太ももの付け根を意識して、
　　　　お腹と太ももで、はさむようにした方が、分かりやすい。
　　　左右の腰周辺の筋を使う量が違うほど、
　　　　　　　　　　　　　　腰痛を引き起こすことが多い。

今度は、この本（風媒社）に期待して、送ろう！！（絶版であるが。）
　　「早野貢司（著）　　言葉が消えた！
　　　　　　　　　　ー失語症と闘う新人賞作家の手記ー」

[１１月]　宮嶋先生に、10cm の台を準備してもらい、
　　　　　　　　　　　　　　　　３回ぐらいの昇降練習。
　　昇降練習と言っても、頭の位置を、しっかりする訓練。
　　（頭の位置、骨盤の位置を確認しながら、
　　　右下肢に荷重をかける訓練。　ギッタン、バッコンではないです！
　　　頭の位置を、一直線に保つ訓練。　重心を正中にする、訓練。）

　　その中で、宮嶋先生が言われる。
　　　"ほら！　右腕を見て！！
　　　　　　　　　最初は、腕の緊張が、緩んでいるでしょう。
　　　　けれども、登りにかかると、筋緊張が増してくるでしょう！"

　　宮嶋：人は普段、リラックスして歩ける。
　　しかし、病気になった後は、そのせいで、過緊張となっています。

　　　また、関節の動き、筋の働きも左右差があるため、
　　　　　　　　　歩行、動作時にも、過度な力が入っています。

　　脳が、それをあたり前と思わないように、
　　動作の中でもリラックスしていく訓練が、必要だと考えています。
　　　　　　　　　これも、その訓練の一つです。　　（なるほど！）

また、指の間の骨を、揉みほぐしてくれる。

宮嶋：骨の間が、くっついてしまえば、もう、どうしようもない！
吉村さんは、さすっているではなく、揉んでいるので、まだ、良い。

　　動きの悪くなった関節に、適切な刺激を与えることによって、
　　　　関節の動きを、スムーズにしていくようにしています。

　　関節の動きを制限する原因が、
　　　　筋が短くなっているだけなら改善しますが、
**骨と骨が、くっついてしまうと、
リハビリでの改善は、難しいです。**

[2011年１２月２２日]　風媒社に、電話する。（編集長：劉永昇さん）

　　私　　：原稿は、読んでもらえましたか？

　　編集長：ちょうど、手紙を書こうと思っていました。
これは、いけません！！　貴方の思いが、強すぎる。
　　文章は、練れば練るほど、良くなりますよ！、等、
　　　　　　　　　　　　　　　　いろいろ、助言をいただく。

　　私　　：ありがとうございます。　もう一度、練り直します。

[１２月２２日〜]　音読等は、止めにして、早速、取りかかる。

　　私の思いは、カット！！　無駄話は、カット！！
　　不要な参考文献も、断りを入れる。（ありがとうございました。）

　　が、一週間ぐらいすると、パソコンばかり、やっていたせいで、
　　　　右脚の、むくみが出て来た・・・　ポンポン！！

　　便秘にもなる。　私の体は、運動不足から、来る物らしいです。

（リンパ液が溜まっている、
　　　リンパ液は、「自分では循環しない。」と、
　　　　　　　　　　　　　　　　　　　言う話です。

　だから、柱等に脚を乗せて、押しつけるような感じで、
　　「ウン！、ウン！、・・・」と、言う具合にやればいい、
　　　　　　　　　　　　　　　と言う話です。（写真、参照。）

 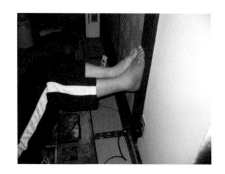

２０１２年

[2012 年 1 月 23 日]　倒れてから、まる、5 年が経過。

　寒中見舞いの返事が、いろんな方々から、届く。
　　"リハビリ、頑張って下さい。
　　　　　　　　　本が、出版されることを願っています。"

[2012 年 3 月 19 日]　足漕ぎ車椅子のこと。

　環境が、整わない！！（バリア・フリーがない、等・・・）

　また、料金はインターネットで調べると、約 30 万円！！
　　（レンタルもあるが、施設では、レンタルは出来ないそうです。
　　　　　　　　　　　　　　　　　　　　　法律の関係。）

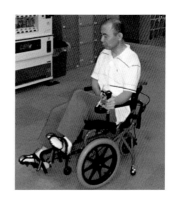

　業者からの体験試乗で、私も乗ってみた！

　　＊10 分位やったが、（私にとっては、）
　　　　　　操作は、簡単。　　しかも、軽い！

　　＊エアロバイクのように、そのままの、
　　　　　　　　位置でやっていなくて、楽しみは、ある！！

［３月２５日］　野村先生が、ノートに書かれる。
　"正夫さんの症状（病気）は、やる気をなくすことが、
　　　　　　　　　　　　　　　　　　　何よりの大敵です。

　　　間違いなく、回復していますので、ご家族の応援をお願いします。
　　　　身体の麻痺側の、筋の緊張が上がってきました。
　　　この為、本人は、痛がりますが、
　　　　　　　　　　　リハビリとしては、良い方向に向かっています。

　　　筋の調整をしながら、正常な動きを引き出します。
　　　　私の思っている通りの、回復を示しています。"

　経験のある方がいると、心強い！！
　　　　　（経験が少ない理学療法士では、どうしても、不安！）

　　でも、私は実感が無い・・・　本当に、回復しているのか？
　　　　階段歩行は、出来るようになるのか？
　　　　右手の指は、治るのか？　・・・・・・

　　私　：リハビリをやっていると、感覚的に、
　　　　　　　　　　　　　　　どういう違いがありますか？
　　野村：閾値（いきち）が、違います。
　　　　　「痛い！」、と言って、放っておくと、縮んでしまう！！
　　　　　　　　（詳細は、リハビリの先生に聞いて下さい。）

［１０月］　山中伸弥教授　ノーベル医学・生理学賞受賞
　　ｉＰＳ細胞　神経細胞も、再生可能というが・・・
　　　　　　　　　　　　　　　　　実用化に、期待する！

　　　（原先生：まずは、拘縮・萎縮等が、
　　　　　　　起きないように努めることが、大切！）

[１０月]　歩行の様子を、写真に、おさめる。

正常な歩行（ふともも、膝、ふくらはぎ、足首、等が、
キチンと、動いている！）（撮影協力者は、実習生：青山博信さん。）

私の歩行　　（脚が、ピーーーン、と、突っ張っている！！
　　　　　　　　特に、ふくらはぎが、動いていない！！）

私の考え：
　　　　（歩行するとき、）右の臀部の力が、弱くなったのではないか？
加納先生の指摘：左右に大きく揺れながら、歩いている（図）。
　　　　　　　　　臀部の筋力　　　右＜左（麻痺の関係）
　　具体的な、改善方法。
　　　＊均等に体重を乗せる感じで、歩行する。
　　　＊体を、真っ直ぐに立てて！
　　　　まずは、踏ん張る力を付ける（右臀部）。
　　　＊左右の足の幅（歩隔）を、縮める（図）。

 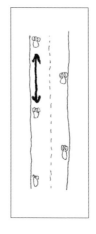 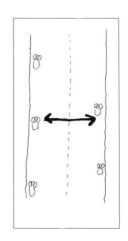

　　　　頭が揺れる！　　　　　　　歩幅　　　　　　歩隔（ほかく）

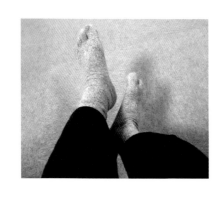　　　　　　　　　　

　　しかし、私の脚は、このようになっているので、
　　　　　歩隔を縮めると、交差する可能性があるため、危険です。

　　加納：確かに"手記　こっちに、おいで・・・"では、
　　　　　　「立つことは、重要だ！」と書いたが、
　　　　　　　「立つ」ことと、「歩行」は違います。
　　　　（人間の歩行は、まだ、解明されていないそうです。）

[2012年１２月]　作業所の情報が、入ってくる。
　　中津川市社会福祉協議会の方が来てくれて、概要を説明してくれる。
　　まあ、行ってみようかな？　心機一転、気分一新！！
　（ただし、週１回のみ。　来年４月から。　その頃には、出版も・・・
　お金は、工賃、500円でも、いいから！　お金の問題では、ない！！）

　　（障害者の工賃は、こんな物です。中津川市のみかも、知れません。
　　　年金は、入るが・・・　年金も、各個人によって、違います。）

　　また、中津川市では、**身体障害者**福祉**協会**も、あるそうです。
　　そこでは、健康福祉祭り等の、行事も、あるそうです。

健常者から、障害者になると・・・
　（突然、）障害者になる。（失語症、半身不随、等）
　　→仕事が無くなる。収入が激減する。
　　　→肉体的、精神的、金銭的に、やる気が失せる。
　　　　→虐め・からかいの対象になる。
　　　　　→閉じこもる・・・　→　・・・

どうか、そんな、世の中にはして欲しくないです。

[2012年１２月２８日]　風媒社に電話する。

　　私　："如何ですか？"
　編集長：「原稿は、読みました。　いいでしょう！！
　　　　　　原稿は、ＯＫです！　だが、売れ行きが、問題です。」

万歳！！　これで、一つの目標、全国版、達成だ！！

[[注：この原稿は、どうしても、譲れませんでした。
　　　　　　　　　　　　　一世一代の、仕事でした。
　私は、この原稿（手紙）を守るために、気がおかしくなりました。

ある言語聴覚士は（2012.6.～2012.8.）、
　「私の原稿も原文のまま、載せて下さい。　訪問します。」
　と言う。　（（実際、訪問してきた。　守秘義務違反です。））
　"迷惑です！！　これは、私の本です！！！"

　しかも、この言語聴覚士は、以前の"手記ありがとう"の中で、
　　　「・・・当初の期待を『裏切り』・・・」と書いている。

そんなに、私が良くなったことは、悪いことですか！！
　　　　　　　　　　　　　　　　原稿は、要らない！！！

気が、落ち着かないまま、出版が決まった後で、
　　全然関係のない、
　　　中津川市の小さな企業の２人の社長（出版も医療も**素人**）から、
　　　野次馬のようにして、邪魔・横槍が入る。（2013.1.〜2013.7.）

「出版は、これではダメだ！！
　　テイラー博士、風媒社など、知らん！！
　　出版は、インターネットで、やればいい！！　等」と言って、
　　　　　　　　　　　　　　　　　　　　しつこく、邪魔をしてくる。
　　　((邪魔するな！！　気が、おかしくなってしまった・・・))

凝りもせず、また、邪魔した社長＆が、言う。
　　　　　「本が売れなくても、知らんよ！！」
馬鹿か！！！
　　　　"皆、脳卒中になれ！！"とでも、言うのか？
　　　　家族の人、自分自身が脳卒中になったら、どうするのか？
　　　　　　　　　　　　人間的に、おかしいんじゃないのか？

また、邪魔した、社長＄は、
「おかしいな・・・　脳卒中は、治るはずだが・・・」と言いつつ、
　　　　　　　「ぶひゃひゃひゃ〜〜〜」と、鼻で笑う。
　（私は、寝たきりになっても、おかしくなかった、
　　　　　　　　　　　　　　国の特定疾病の、病人だ！！）

金儲け・名誉欲しか、頭にない輩（やから）の言うことです。
一世一代の、仕事です！！　困っている方に読んでもらいたいのに、
　　倒れてから、６年あまりかけて、必死で書き上げた、
　　原稿を、横槍を入れて、また、この私の病身の身を元手にして、
　　　商売道具とするとは、一体全体、どんな神経をしていますか？
自分で病気になること、世界的な権威になること、原稿を書くこと、
　（テイラー博士は、すべて体験した）。　　　**自分でやれよ！！**

全国に困っている方が、みえます。
　　将来的に困るだろう方も、みえます。
　　　全ての脳卒中の方を、馬鹿にしている！！！
　　３人の人。　人として、恥ずかしくはないのですか？

　　　　　おかげで、私の人間関係は、滅茶苦茶になりました。
　　　　　　　　　　　　　　　　虐待だ！！〕

２０１３年

[1月8日]　従兄：荻野真さん（漫画家）から、電話が来る。
　　"出版は、止めたほうが、いいかも・・・　（理由は、略。）"

　しかし、どんどん、倒れる方もいる、と思うし・・・・・・
私の人生も、何時か、終わる・・・

[1月18日]　受診　　医師：水中歩行は、いかがですか？

　翌日、野村先生に話すと、・・・・・・
　　野村：私が考えるに、その医師は、経験不足かな？
　　　　脳卒中の方は、どうしても、**脚が浮いてしまう！**

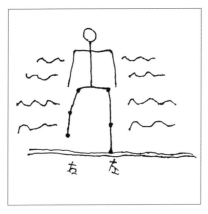

　　　　　　　（普段は、引きずって歩いているが、
　　　　　　　　湯船等につかると、
　　　　　　　　右脚が、浮いてしまう！）

　　（例：以前、私も、シクラメンの風呂場で溺れかかった。
　　　　　　介護士が、慌てて飛び込んで、救い出してくれた。
　　例：雑巾を踏むと、右脚のみ、スーーーと、滑ってしまう！）

[2013年1月23日]　倒れてから、まる、6年が経過。

[2月]　出版をすることに、決めた！！
　　　　私が立ち直ったのは、
　　　　　　「本を出そう！！」という、気持ちになったからだ。
夢だ！！　生き甲斐が、定まって来たからだ！！

仮に、今でもベッドで寝たきりになっていたら、
　また、一生籠もりっきりになっていたら・・・　もういいです。

売れ行きが良かったら、困っている方が、
いっぱい、居られる証拠だ！！
（すなわち、私の本は、「諸刃の剣」と、同じ事だ！！）

[３月]　野村正成先生、シクラメンを退職。　ありがとうございました。

野村先生：**我慢してやり続けることが、大事！**
　　　多少、良くなっても、サボっていると、
　　　　　　　　　　　　　　すぐに、ダメになってしまう！！
　　頑張って！！　　可能性はあるから！！

[４月]　作業所に、行き始める。
　　　精神障害の方、知的障害の方、半身不随の方等、
　　　　　いろんな方が、いらっしゃる。　楽しくやろう！！

　　　（作業所、**身体障害者**福祉**協**会等のことは、
　　　　　ケアマネ、社会福祉協議会等に、問い合わせ下さい。）

[５月１２日]　出版の打ち合わせ・契約に、
　　　　　　風媒社の編集長：劉永昇さんが、自宅に来てくれる。
　　　　　　　　　　　　　　　　　契約、完了！！

[７月]　加納利恵先生、シクラメンを退職。
　　　　ありがとうございました。　　　　　加納先生の感想。

リハビリとは、障害を持った人が、障害を持ったまま、自分らしく、よりよい生活を送ることが
できるより、行われるすべての活動と説明されますが、吉村さんと千年間関わらせて頂いて
リハビリとは再出発なんだと感じました。
本の完成 おめでとうございます。また次のステージへの出発・ご活躍・応援しています。

[１０月]　“手記　こっちに、おいで・・・”が、発刊される。

中日新聞 10 月 27 日付け
広告欄
（風媒社、許可済み。）

地元の新聞：恵峰ホームニュース、岐阜新聞（岐阜版）、
　読売新聞（岐阜版）に、載せてもらいました。　省略します。

岐阜新聞の記者が、こう、言われた。
　「普通の方は、自費出版で、止めるが、
　　　　　　　　　　　何故、全国版にしたのですか？」）
私：“一人でも、救いになれば・・・・・・”

私の夢は、達成できた。　私の夢は、終わった・・・

夢に出て来た教え子。
　“先生・・・　元気でいてね・・・・・・”と、
　　　　　　　　　　　　言ってくれた、教え子。
　　　　　　　　大丈夫です。　元気です。　ありがとう

そして、
　“そっとして、おいてください・・・”との、言葉を残した方。
　　　　本当に、すまなかった・・・・・・・・
　　　　私が、脳卒中という病気に罹患したことは、
　　　　　　　　当然の罰・報いとして、受け入れます。

19

闇が、広がる・・・　現実に、引き戻される・・・

でも、・・・・・・
「やるべきことが残っている人は、死に切れない。」という話を、
　　　　　　　　　　　　　　　　　　　　聞いたことがある。

　　　　　　　　　　でも、・・・・・・・・・

（健常者は、健常者。　先天的な障害者は、先天的な障害者。

　では、私の様な者は？
　　それは、「突然のアクシデントに悩む、障害者」。

　私は、「運良く立ち直れた、中途半端に立ち直れた、障害者」
　　　　　　　　　　　　　　　　　　　　かも知れない。）

全国各地にある、失語症友の会（約 110 会）等に、手記を、送る。

アメリカのテイラー博士へも、
　　　　　　　　元同僚の先生に英訳してもらって、手紙を送る。
　　"大変、勇気づけられました。　ありがとうございました。"

元同僚、教え子等から、出版の祝いの便り、メールが届く。
（8通、抜き出して紹介します。　文章は、抜き書きです。）

教え子：Hさんからのメール。

"泣きました・・・

先生の本を見ていると、自分がちっぽけすぎて、恥ずかしくなった。
先生が、どんな想いで、どれだけ努力してきたかが、すごく伝わった。

私は、脳卒中センターで働いていて、脳卒中を発症した方と、
　　関わっているけど、その方が、発症する前にどんな生活をしてて、
　　　どんな方だったかっていうことを、考えて関われていたか、
　　　　　　というと、・・・・・・、　　　　　出来ていないな・・・

失語症の患者さんも、
　　　　　　　　よく伝わらないことで、つらそうな顔をしている。
高次脳機能障害、半身麻痺、失語症等、
　　　　毎日、目の当たりにしているから、
　　　　　先生の復活がどれだけすごいものかは、分かります。

　私の病院も、急性期病院なので、
まだ、発症して状況がよく分からない状態の患者さんが多いから、
　　　先生が下呂温泉病院での記憶が曖昧だった、
　　　　　　　と書いてあったのも、すごくよく分かった。

　自分の患者さんに対する、関わりとかも、振り返りました。
本当に、読んで良かったです。

　　　先生が体験したことは、私には、計り知れないし、
　　　　　自分も脳卒中とかの病気になったら、
　　　　　　　あんなに頑張れない、と思います。

　　　　　　　　　　　心に響きました。"

約３５年ぶりに、高校の同級生：金子さんから、手紙が来る。

出版された本を読ませていただき、どんなに
つらく苦しい時を過ごされたかと思うと
言葉もありません。
でも　そんな中　で両親・妹さん家族・周囲の方々・
教え子の皆さんと共に、回復への道を歩んでいる
姿に本当に心打たれました。
また、詳しく丁寧に記録された本からは、実際
の声が聞こえるような気がします。

答えのない努力の毎日だと思いますが、
明るい希望を持って過ごされるよう、遠くからですが
お祈りしています。

元同僚：M先生からのメール。

“前の冊子（手記ありがとう）以降の、私の知らなかったことが、
知れたことや、多数の写真によって、吉村さんの努力の具体的な
様子が分かったことが、大きな収穫でした。

　「痛いから、大丈夫！！」などの繰り返し出て来る言葉、何度も
登場してくる人の名前など、人を支えてくれるのは人であり、
言葉でもあるということが、実感として伝わってきます。

　たぶん、これ、同じように努力している人の励みになるんでは、
ないでしょうか。
　大きな目標をついに実現させたことに敬意を表します。”

教え子：Ｔさんからの手紙。

人間、どのような状況であっても、夢中になれるもの、目標
がしっかりと先にあって、それに向かって邁進できる、ということは、
何より生きている意味を感じられることなのでしょう。
　又、こうして立派な手記を出版されたのは、先生が今まで、
歩まれてきた生き方が、形となって表れたものだと思います。

　当然といえば当然のことですが、先生のように、その意志を
形に出来る方がいる反面、その意志を表現しないまま、一
生を過ごす方もいます。
　障がいのあるなしにかかわらず、です。

　自分の意志を強く持って何かに打ち込み、一生を過ごして
いけるような人生を、私も目指したいです。

　先生、出版も一つのゴールでしたが、同時に、世へのメッセージ
を伝えていく活動としてはまた今から新たな出発ですね。
　いつまでも応援しています。

教え子：ＡＴさんからの手紙。

ここまで来るのに かなり 御苦労されたこと
お察しします。お疲れ様でした。本からは、
復帰する！回復する！同じ病気の人の役に立つ！
という先生の強い想い、メッセージが伝わって
来ました。 たくさんの写真が 載せられて
いるのも とても 良いです。

一般の人には、なかなか 手に取っては
もらえないかもしれませんが、同じような
病気をされた人にとっては、とても心強く
勇気を与える内容だと思います。
つくづく 思いました。人の人生なんて、
どうなるか 分からない … 本当なら まだ
教壇に立って、たくさんの生徒を社会に送り
出していたはずなのに …

しかしながら、先生は、与えられた
運命と真正面から向き合い、しかも
人々の役に立とうとしてみえる …

東京にある、初台（はつだい）リハビリテーション病院の
　　　　　　　　　言語聴覚士：森田秋子先生からのメール。
　　　　　　　　（原先生が、私の手記を送ってくれました。）

「手記を書かれた吉村正夫さんには、長年にわたる経過を、実に、
わかりやすく、興味深く、絵や写真を豊富に用いて説明した本を、
執筆くださり、言語聴覚士として、敬意を感じると共に、途中の
ご苦労や完成の喜びに共感を感じ、本当に嬉しく思いました。（略）

　初台リハビリテーション病院のＳＴ（言語聴覚士）たちは、
興味を持って読んでいました。」

従姉：Ｔさんからの、手紙。

病気で倒れられてから、大変な時を過ごされましたね
歯痒い事、心傷める言葉、
それでも負けずに、リハビリに励まれ、本を出版されたのですね
本の出版なんて、考えただけでも、その大変さに、気後れを
感じてしまいそうです。それをのりこえ見事出版され、一大事業を
成されましたね。凄いです。

（写真は、新聞：恵峰ホームニュースの物を、使わせて頂きました。
　　　　　　　　　　　　記事は、略します。　許可済み。）

私は愛知淑徳大学健康医療科学部言語聴覚学
専攻教員の鈴木朋子と申します。

発症直後のことからリハビリにどのようにとり
くんでこられたか、その苦闘の日々、いかなる状況下でも希望
を失わずチャレンジを続けられた先生の不屈の精神力に
胸が熱くなる思いです。これまで私もSTとして担当させてい
ただいた大勢の患者様のことを思いうかべながら拝読いたし
ました。先生が支援してくださった方々への感謝もこうして
出版されましたことにより感銘をうけています。
先生の自己開示によって当事者やご家族の方々はまさる
勇気と希望が与えられ、また失語症のことを知らない人々
には何よりの啓発になると思います。本専攻の学生
たちにもぜひ一読を勧めたいと思っています。

（他の感想文は、出て来るたび、読んで下さい。）

本の売れ行きは、
　　「失語症になる方は、毎年、1万人に対して1人程度」と
　　　　　　言われるので、いいはずが、無いです。

日本全国では、約1億2千万人に対して、
　　　　　　約50万人の方が、失語症にかかっている、と言われる。
誰しも、
　　『脳卒中になる』など考えてはい無いだろうから・・・
　　　　　　私の本の場合、1人でも、役に立てば、いいです。

もう一度、言います。　　人間、誰しも、脳卒中の予備軍です。
　売れては困る物も、あります。

原先生の言葉。
　　"まずは、拘縮・萎縮を、起こさないことが、大切。"
また、宮嶋先生の言葉ではないけれども、
　　"将来的に、腰痛の原因になってしまいます。"ということにも、
　　　　　　　　　　　　　　　　　　　　　なりかねない。

ある医師Aが、言われる。　　「脳から離れていくと、
　　　　　　手先、足先は、どうしても、鈍くなってくる。」
（まだ、30年近く、人生は残っていると思うので、
　　　リハビリは、続けようと思うが、あいも変わらず、
　　　ブルン・ストローム・ステージで、
　　　　　　　　3〜4段階で、留まっている感じ・・・
　　　　　　劇的には、変化しないと思う・・・）

また、あるリハビリの先生の話。
　"機能向上（歩行、亜脱臼等）を治すことと、
　　生活（風呂、料理等）を平行してやらなければ、
　　　　　　　　　　　　　　　　歳を取っていくばかり。

　　　　　両親も、まだ、健在なので、ここが、考えどころ。"

12月16日　担当者会議にてのこと
"料理等をすることを、具体的に、手記に書いたら？
例えば、片手で、釘を打って、調理することを見たことがある、等。
　　また、失語症友の会を、起ち上げたら？
　　　　　10年後は、どうなっているのかは分からないので、
　　　　　　　　　　　　　　　　　　　　　　　　心配せずに！！"

私は、運良く、立ち直れたのみ。　寝たきりになっていたら・・・
　　でも、一生、施設・作業所に、通うつもりもないし・・・
　　定職もないし・・・
　（逆に、施設・作業所に、通わなかったら、どうするか？
　　　　　　　　　　　　　　　　　　　　　　まだ、この時53歳。）

人付き合いは、大きく、変りました。
　　新しい教え子、同僚は、もう、いません。

薄汚い、社長等のしでかしたこと・邪魔されたことで、
　　　　　　　　　　　　　　思い出も、無くなってしまいました・・・

新たな出会い等は、ほぼ、無いです。
　　思い出がない、新しい出会いがない、人生は、
　　　　　　　　　　　　　　　　　　考えられますか？

　　体もいうことが効かない、仕事もない、・・・
　　そういうことも、中途障害者の生活です。

でも、幸いなことに、文字が書けるし、ネットも使えますので、
　　　　　　手紙・ネット上での外部の方と関わりが持てます。
　　　　　　　　　　　　が、実生活では、ほぼ、無理です。
　（言葉も喋れない、文字も書けない、パソコンも使えない方は、
　　　　　　　　　　　　　　　　　　　どうするのか・・・）

お願い：失語症等になっている方々。
　　　　どうか、少しでも、世の中に、出て欲しいです。

夢は、終わった・・・　闇の現実が、広がる・・・
私は、抜け殻だ・・・・・・

これから先、どうやって暮らすかが、問題だ・・・

最大の問題だ・・・・・・

でも、まあ、
"努力すれば、生活の質は、少しずつ向上するでしょう！！"に、
　　　　　　　　　向かって、努力するつもり！！！

２０１４年

[１月２３日]　倒れてから、まる、７年が経過。

[２月]　この頃から、葉物で作る、料理に取りかかる。
　　　　　　　　　　　　　　　片脚では、踏ん張れない！！
　　　（野村先生：脳卒中の方は、どうしても、脚が浮いてしまう！）
　　　根菜類は、難しい！　右手が、不自由！！　全然、効かない！！
　　　また、段差があるとダメ！！　生ゴミも、捨てられない！

　　後日、協力者さんが、訪ねて来てくれる。
　　　　　　　まな板の、工夫を思案してくれる。　使ってみよう！
　　　釘は、錆びてしまうので、真鍮でやってある。
　　（突き刺して、芋、人参等を切るため。　ピーラーも、使えます。）

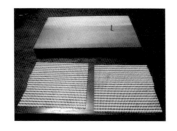

　　　　　　　　　　　　　　　（他にも、ヘルパーさん、
　　　　　　　　　　　　　　　　　シルバーさん等、
　　　　　　　　　　　　　　お願いが、出来ます。
　　　　　　　　　　　　　詳しくは、ケアマネに。）

[５月]　私（吉村）は、苦い経験が、いっぱい、あります。

　　　"言葉が喋れるようになったのは、凄いことですか？（失語症）
　　　パソコンが使えるようになったのは、凄いことですか？
　　　　　　　　　　　　　　　　　　　　　　（高次脳機能障害）
　　　立ち歩きが出来るようになったのは、凄いことですか？
　　　　　　　　　　　　　　　　　　　　　　（半身不随）"

　　また、邪魔した社長＆が、平然と、言う。
　　　"吉村君は、言葉が不自由だから、
　　　　　　　　食事会でも、いいよ。"と、言う。
　（（こういう、何気ない言葉が、一番、傷つく。　私は、まだ、いい。
　　こういう言葉遣いで、閉じこもってしまう方もいるそうです。
　　　障害者虐待防止法に、入れて欲しいです。
　　　身体的虐待しかないです。　言葉による、暴力です。））

また、邪魔した、社長＄のフェイスブックを見ると、
こんな書き込みがある。
私が、高次脳機能障害等であることを知りながら、
普通の言葉で打てばいいのに、
"Ｐ＃％＆、Ｑ＃％、＠＞ＡＢＣ"と、打っている。
恥ずかしくはないですか？　障害者虐めですね。

また、私は、とっさの言葉が出ない！！　特に、焦っている時！！
"早く、口で言えよ！！"
(((言葉が出ないから、苦しんでいる！！！)))、等々。

いずれも、障害者虐待防止法に入れて欲しいです。（補足Ａ、参照。）

[５月]　2014年５月２日付け　中日新聞の記事より

励まし 絵筆に込めて

書籍卸会社に就職。十数年後には、キャンパスと向き合うことだけが日々の生きがいになった。

書籍卸会社に就職。十数年後には、仕事で縁ができた岐阜とだけが日々の生きがいになった。

震災で、女川町の実家は流された。兄嫁は遺体で見つかり、兄は今も行方不明のままだ。宮城県石巻市に住む妹の阿部勝江さん（70）が、きょうだいでただ一人、難を逃れた。電話をかけることも、手紙を書くことも難しい。心に傷を負った妹のためにできることとは何か。考えた末に行き着いたのは、二人の心に残る懐かしい風景を描いた絵を送ることだった。

一、二カ月に二～三枚のペース。「言葉はないけれど、絵で励ましてくれているんだな」。勝江さんは、遠く離れて一人で生きる兄からの思いやりを、静かに受け止めている。

脳梗塞の後遺症で動かなくなった右手にかわり、左手で絵筆を握り続ける。一筆一筆魂を込めた絵の送り先は、東日本大震災で津波被害を受けた妹。この三年間で百枚になった。

のどかな里山に囲まれた岐阜県山県市大桑の障害者施設「県立幸報苑」。水色のカーテンで仕切られた三人部屋。ベッドのわきの一畳ほどの隙間が、高橋正道さん（72）のアトリエだ。描くのは、生まれ育った宮城県女川町の海や野山の風景。アクリル絵の具でキャンバスを鮮やかに彩っていく。

地元の高校を出て、大阪の

一九九一年に脳梗塞で倒れ、一変する。右半身が思うように動かなくなり、話したり書いたりすることもほとんどできなくなった。人の話は理解できるが、「そう」か「いや」（否定）」でしか答えられない。九六年に施設に入ってから

虹

被災した妹に絵を送り続ける高橋正道さん。エプロンがトレードマークだ＝岐阜県山県市大桑の県立幸報苑で

（羽島通信部・大畠康介）

いずれ、私も施設でお世話になるかと思います。
　　　　　　　　その時は、よろしくお願いします。

後日、高橋正道さんから、絵をいただきました。
「シクラメン」に、寄贈しました。　ありがとうございました。

　　　　　　　　　　　　　私と、今井さん。
　　　　　　　　　　　　（「シクラメン」の施設長）

[5月]
　　シクラメンからの帰りがけに、利用者さんから、声を掛けられる。
　　"吉村さん。　腹が出て、尻が、小さくなったね！"
　　ええーーー！！！　これは、マズイ！！！

　最近、朝の散歩も、サボりぎみ・・・　間食も、増えた・・・

健康な体の状態　　　　腹が出て、　　　　　　　悪循環・・・
　　　　　　　　　　　尻が小さくなる！！

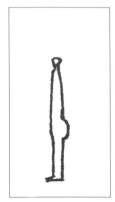  

（事実、私は、「手記」の出版が、終わった後、
　　　　　　間食ばかりしていたせいで、痛風に・・・）

32

ある方が、言われる。
　　"ポッコリお腹には、呼吸法が、いいかも知れません！
　　　　出来れば、立ったままで、５秒間、フ〜〜〜と息を吐いて、
　　　　　　また、５秒間、ハーーーと息を吸って！
　この呼吸法を、１分間、繰り返す！　朝・昼・晩、繰り返す！！
　横隔膜が、動くらしいです。　（浅い呼吸だと、動かない！）"
　　　　　　２カ月で、効果が、出るらしいですよ！！」

[６月]　ある方に言われる。
　　「ホームページよりも、フェイスブックが主流かな？
　　　ホームページにも、リンク出来ますから。」

[６月２６日]　ある記事から。
　　「脳卒中の方は、自殺する率が、普通の人より、１０倍高い。」
　　　　　　　　と、言う記事。　やっぱりだ・・・・・

　　私は、"本を出そう！！"という、目標・**生き甲斐**が、
　　　　見つかったから、いいが、目標が見つからない方々には・・・
　　脳卒中の方に向かって、"ああだ、こうだ"という指示は、
　　　　　　止めて下さい。　生き甲斐を、邪魔しないで下さい。

　　（別のデーターによれば、失語症患者は、約５０万人のうち、
　　　５％程度の方が、やっと、復職出来ている、というデーターも。
　　　何パーセントかは、分からないが、閉じ籠もっている方も。）

　　私は、運良く、たまたま、脳の神経回路が繋がっただけだ。
　　　　また、次なることが、見つけられないから、困っている・・・
　　ときどき、頭をもたげる。
　　　　　　　((なんで、まだ、生きているのか・・・・・・))

[７月]　フェイスブックが、使えるようになる。

　　教え子（Ｈ君）から、勇気をもらった。
　　　"いろいろとフェイスブック等で、可能な限り、発信して下さい。
　　同じ境遇な方、その家族等に、光を与えて下さい。
　　貴方の姿を拝見し、
　　　　自分もやらねばと思う方も、いることを忘れないで下さい。"

言語聴覚士の方、会の関係の方、脳卒中の方等に、
　「私のホームページを読まれて、
　　　興味があったら友達になって下さい。」と、送りました。

購入してくれた方の中には、こんな声もあった（看護師の教え子）。
　"自分の看護師としての数年が分からなくなってしまいました。
　また、考えてみたいと思います。"

((遠回りになってもいいから、
　　　地道に、困っている方に届けよう！、と思う。))

[７月２５日]　受診（中津川市市民病院）
　医師：貴方の場合、拘縮は起こっていないので、
　　　　　ボツリヌス菌治療は、必要ないでしょう。
　　　単なる、筋緊張でしょう。　返って、筋肉がゆるんでしまう。
　　　　（テレビ等は、よく見ていないと、見逃してしまう！
　　　　　　　　　　　　テロップ、イメージ図、等。）
　「万人に、共通する治療は、無い。」と思います。

①：一般的に示される図

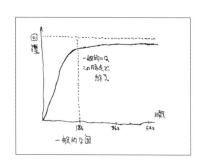

②：私の場合のみのことです。　（失語症等のことです。
　　　　　運動面は、多少良くなりましたが、依然、ダメです。）

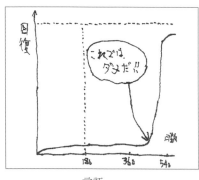

言語

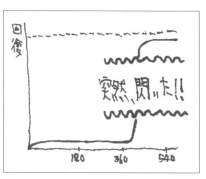

高次脳機能障害

34

③：
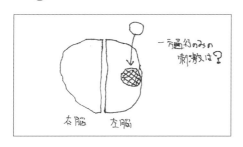

④：
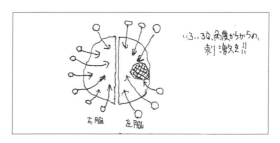

（ある先生は、「順番に、改善する。
　　　　『突然、閃いた！！』は、あり得ないよ！」と
　　　　言われますが、私には、分かりません。）

（リハビリが、嫌になってしまう原因は、
　　　　自分で、勝手に、壁を、作ってしまうからかな？

脳への働きかけは、一方通行では、良くない、と思います。
　　　　色々な、方面からがいいと、思います。）

[9月19日]　卒業生と、食事会に行く。
　　　　　　　　"先生・・・　手記、泣けたよ・・・・・・"

　いろいろ、話が出る中、ある卒業生が言う。
　"私の勤めている病院で、脳卒中の患者さんが運ばれてきた。
　　腕が自由にならないと知ると、腕を、傷つけ始めた。
　　幸いなこと、早く、見つかったので良かったが・・・"

　治るか治らないかは、分からないが、
　即座に諦めることは、止めて欲しい"
　　　　　　　　　　　　　　　　　　　　　と、願うばかりです。

[9月5日]　「中日新聞」の記事より（2014年9月5日「虹」）

（また、[2014年9月10日]　「中日新聞」の記事より
　　　　「脳内出血から復帰したシェフ」：野村青児さんの、
　　　　　　　　　　　　記事もあります。　続けて、読んで下さい。）

『中日新聞』の記事より（2014年9月5日「虹」）

虹

だから今日も 愛してる

「愛してる」。妻は電話でも本人を目の前にしてもそうささやきかける。そのたびに夫は照れくさそうな顔になり、途切れ途切れだが大きな声で「あ・い・し・て・る」と答える。二十年も繰り返してきた言葉には「不思議な力がある」と妻は信じている。

長野県塩尻市片丘南内田の百瀬尚志さん（六七）、茂美さん（六七）夫妻。尚志さんは工務店を経営していた元大工。四十四歳だった一九九〇年六月、自宅の屋根を直していて倒れた。脳梗塞だった。意識が一週間なくなり右半身不随、全失語症になった。

「傷もないのに、手も足も動かないし、口もきけないで、車の運転を習う一方で、技術専門校で木彫を基礎から学ぶ。自由の利かない右手を固定し、左手一本で好きな山岳を題材に取り組んだ。

店の借金、それに看病…。茂美さんは夫の姿にがくぜんとした。子育てに工務店の借金、それに看病…。「生き地獄だと思う日もあり、この世をはかなみました」

工房を開き、個展を開くまでになった。

思うように話ができない失語症患者にとっては、言葉一つでも大きな励みになる。「お父さんは大工の棟梁。こんな体になっても、やっぱりわが家の大統領。ずっと支えられてきたのは私の方」と茂美さん。だから今日もささやきかける。「愛してる」と。

そのころから。「我慢して頑張れば、必ずわが家にも花咲くときが来る」と願った。尚志さんも「元の体に戻りたい」と連日、リハビリに励んだ。

ささやくようになったのはそのころから。「我慢して頑張れば、必ずわが家にも花咲くときが来る」と願った。

（武井孝博）

「愛してる」を合言葉に脳梗塞の後遺症を乗り越え、山岳木彫に励む百瀬尚志さんと妻の茂美さん＝長野県塩尻市の工房で

日々の暮らしの中で見聞きした、ちょっといい話や心温まるニュースをお寄せください。連絡先を明記の上で〒460 8511 中日新聞社会部「虹」係へ。ファクスは052（201）4331。メールアドレスはniji@chunichi.co.jp

後日、奥様より、
　　手紙をいただきました。
　　ありがとうございました。
山岳木彫の写真も、
　　同封していただきました。

その後、奥様と電話で話もしました。
　　　　嬉しかったです。

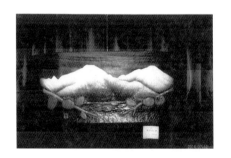

中　日　新　聞　シニアライフ

（第3種郵便物認可）

「また食べたい」励みに

● 脳出血から復帰したシェフ

青年自慢の料理を手にする野村さん＝愛知県豊田市で

後日、奥様より、手紙をいただきました。　ありがとうございました。
「お互い希望を持ち、一日一日を、大切に生き抜きたいですね。」

[９月]　失語症になられた方の本を、読む。（解説本は、無し。）
　　平澤哲哉著　「失語症者、言語聴覚士になる」雲母書房　等
（平澤哲哉先生に、帯を、お願いしました。
　　　　　　　　　平澤先生は、交通事故で失語症になられました。）

　皆さん、それぞれに、活動して見える。
　私も、失語症経験者です。　でも、手紙・会報等で、いいです。
　　　　　（私は、責任持てないので、講演会はやりません。）

[１０月１５日]　ＮＨＫ岐阜放送局："ホットイブニング"を見る。
　脚の装具のことを、やっていた。
　名古屋工業大学の先生が、開発した装具の話。
　　バネ式の装具のこと。　動力は、一切、無し。

　司会者が、テレビ画面を通じて、言っている。
　「ただし、誰にも通用するわけでは、ありません。」
　((このように、映像と言葉で言ってくれれば、いいですね！))

[１０月２８日]
　発刊以来、初めて、失語症を患っている方から、
　　　　　　　　　　　　　　　　　　風媒社を通して、手紙が来ました。
　　岡山県の方。　砂田真弓さん。　私と同級の方。
　（部分的に、紹介します。
　言語聴覚士の先生の、サポートが入っている箇所もありました。）

　「私は３年前に脳梗塞を発症しました。
　手足はいうことをきいてくれるけど、
　　　　　　　　　　　言葉がすらすら話しにくい状態です。

　　先生の手記を読んでから、毎朝、新聞を声に出して読むことを
始めました。　先生が毎日、目標を持って、リハビリを頑張られ
ていることを知り、私も、もっと、頑張らないといけないと
励まされました。　ありがとうございました。

　　これからも、可能性を信じて、リハビリを頑張っていきます。」

　こちらこそ、"頑張らなければ！！"と、いう気になりました。
　ハガキは、その方が、今年、６月から習い始めた、
　　　　　　　　　　「笑い文字」という物です。　（表紙も。）

（私の本で、救われた方が、１名、いらっしゃる。
　　　　　　　　　　　　当初の目的は、達成できた。）

[１１月２２日]　倒れてから、初めて、電車に乗る。

　　　付き添いの言語聴覚士さんが、言われた。
　　　　「吉村さんの失語症は、ブローカ失語では無く、
　　　　　　　　ちょっと、タイプが、違うかな？」

いい、経験になりました！！　勇気が、出ました！！！

車椅子で電車に乗るときも、不便なことが分かりました。
中津川駅、恵那駅は、いずれも、エレベーターが付いていました。
　私は、電車の揺れが怖いので、車椅子で乗りました。
その時、駅員さんが、スロープを持って来て下さり、
　それを使って乗り込みました。　乗車位置も、決まっていました。

中津川駅発、恵那駅までの、電車に乗る。（名古屋駅止まり。）

恵那駅で降り散策しましたが、道の中には、花壇が置いてあったり、
トイレには、掃除の為、水が撒かれたり・・・　勉強になりました。
（中略）中津川に戻って来て、１時間ほど、車椅子を押してもらって、
散策しましたが、・・・　車椅子を使っている方は、私のみでした。

失語症等になった方は、十人十色、百人いれば百通り。　千差万別。
別段、言葉が喋れるようになったこと（失語症の改善等）、
　　　本を出せたこと等（高次脳機能障害の改善等）、
　　　歩行が出来るようになったこと（身体的な改善等）は、
　　　　　"「ちっぽけなことだ」"と言うことが、分かりました。

そのことが実感できた、倒れてから、初めての電車旅でした。
付き添いの方。　ありがとうございました。
　　（（２０１４年１１月２２日　倒れてから、初めての電車旅。　完））

[注：障害者の立場から、乗り物について。
　　飛行機　：便利、と言う話です。
　　電車　　：駅員さんが、手伝ってくれます。
　　　（が、まだまだ、階段等が不便です。　無人駅もあります。）
　　タクシー：まあまあ、不自由なしで、使えると思います。
　　　　　　　　　　　　　　運転手さんも、手伝ってくれます。
　　バス　　：不便です。
　　　大都市圏になれば、障害者用のバスも、走っているようでが、
　　　　　　　　　　　　　　田舎では、走っていません。
　　「早くしろよ！！」という、言葉をかける乗務員もいる、
　　　　　　　　　　　　　　　　　　　　　と言う話です。
　　"もう、嫌だ！！　外には出たくない！！"と言われる方も・・・]

[２０１４年１２月]　年内の、フェイスブックは、終了した。
　　私は、「言葉が喋れなかったこと」が、辛かったので、
　　　　　　　　　特に、言語聴覚士の方を、探しました。

　　"私の役目は、急性期は急性期で終わり。
　　　　　　回復期は（以下、略）"では無く、
　　　状況が分かっている方は、言語聴覚士しかいないので、
　　　　　一人でもいいので、失語症者を助けてあげて欲しいです。
　　　　　　　　　　　　　　例えば、年賀状を送る、等。

失語症等の研究は、「学術的には研究が進んだ。」と思いますが、
「実際の生活場面では、進んでいない。」
と、思います。

[１２月]　もう一度、言いたい。
　健常者は、健常者だ。　病人は、病人だ。
　では、私の様な者は、どういう者か？
　病気治療中か？　リハビリ中とは？

２０１５年

[2015年１月２３日]　　倒れてから、まる、８年が過ぎる。

[２月１５日]　熊本県の橋本幸成先生
　　　　　　　　　　　　　（フェイスブックの友達、言語聴覚士）が、
　　　　　　　第９回くまもと失語症会話パートナー講座にて、
　　　　　　　　　　　　　　　　　私の本を紹介してくれる。

　橋本先生：失語症のある方に関わる、多くの皆様に、
　　　　　　　　　　　　　　　　読んでいただきたいです。
　　今後も貴重なメッセージを、配信していただけると幸いです。
　　　　　　　　　　　　　　　（ありがとうございます。）

[2015年３月２８日]　20:00ごろ、電話が鳴る。　私が、取る。
　　「もしもし。（無言・・・）
　　　　　もしもし。（無言・・・・・　切れる・・・）」

[５月]　私の手記を読まれた、ある言語聴覚士の方の感想です。
　　　　（フェイスブックの友達です。　原稿の許可は、得ています。）

“やはり失語症の方は、将来を悲観して、中々、
　　訓練に対してモチベーションが、持てない方が、多い印象です。
　　また、医療制度の為、モチベーションが上がった時には、
　　　　　　　　　　　　　退院が間近となる方もおられました。

この手記には、
　吉村さんが色々な方と、出逢い・関係を持たれたことで、
　諦めず、退院後も日々の努力をされたことが、書かれていました。
　手記を読ませていただき、言語聴覚士として、
患者様の考えや思いを把握出来てなかったと感じ、
　　　　　　　　　　　　　　　反省しております。
　この内容は、私が関わる利用者様や、ご家族の方々にも、
　　　　　知っていただきたい、と思います。（以下、略。）”

この頃、私が、フェイスブックに書き込んだ文章から。
「言語聴覚士の方。
　　　　　一度、失語症等の方の気持ちになってみて下さい。
　言葉も通じない、文字も書けない、・・・・・・

　特に、私と友達になってくれた、
　　　　　これから言語聴覚士を目指す方々、若い言語聴覚士の方々。
　まだまだ、倒れる方がいらっしゃる、と思います。
　　どうか、**気持ちが分かる、治療者**になって下さい。
　気持ちも分からず、治療にあたっても、
　　　　　患者さんと治療者の間には、ズレが出て来る、と思います。
　気持ちと、技術・方法論等が、初めて合って、
　　　　　　　　　　　治療が成立されるかと思います。
　試験・技術・研究成果・方法論等ばかり優れていても、
　　　本質は、その向こう側にある、と思います。
　障害を持たれた方は、
　　　　　一生涯、その障害と、付き合っていかなければなりません。」

[５月３０日]　青森県の言語聴覚士：平沢一臣先生
　　　　　　　　　　　　（フェイスブックの友達）が、
　　　　　言語聴覚士等を対象に、学術研修会をやられました。
　その中で、私の本（手記　こっちに、おいで・・・）も、
　　　　　　　　　　　　取り上げてもらえました。

　　　平沢先生：「吉村さんの手記は、
　　　　　　　　　専門職を変えてくれる力を持っています。
　　　　　　　本当に、青森に講演に来て欲しいくらいです(^^)。」
　　　　　　　　　　　（ありがとうございます。）

以降、会で取り上げてくれる方、ブログで取り上げてくれる方が、
　　　　　　　　　　　　　　　　いらっしゃいますが、省略します。
　　　　　ありがとうございます。　　ありがとうございました。

[6月]　「シクラメン」の職員さんに、口を揃えて言われる。
　　"運動等を、やっていますね。

　　　治らないかも知れないが、維持が出来ている。"

私の場合の図。
　　維持期（運動等を続けている、グラフ）。

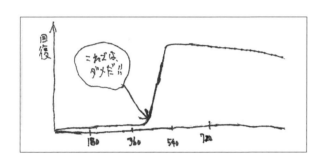

一般に、サボっているグラフ。
　　（拘縮・萎縮、等。　ついには、寝たきりになってしまう。）

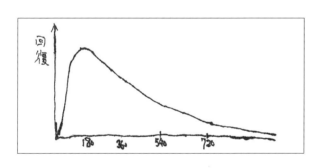

（治すことも大事ですが、
　　　維持することも、リハビリの重要なポイントの１つです。）

[8月]
　　「書類の情報を済ませば、
　　　病院は病院の役目を果たせば、終わり。」ではなく、
　　　　　　せめて、会の存在紹介は、やって欲しいです。

救急病院→×→回復期の病院→×→施設→×
　　　　　　　　　　　→会の存在は？？
　　　　　　　　　　　現職復帰は？？？

（救急病院の入院限度は、おおむね、180日。
　　　　　　特例は、あるそうです。　私は、知りません。）

本当の意味での失語症等の苦しみは、分かりますか？
それは、言葉等が出ないことによる、恐怖感、孤独感、
　　　そして、もう死にたいという、絶望感です。
　　　　　　　　　　　　　　　よって、閉じこもってしまう。

会話も出来ない、文字も書けない、失語症の仲間もいない・・・
ご本人が、失語症等になれば、家族の方も、同様だ、と思います。
　　いかに、行政が支援しようとも、無理だ、と思います。
　　　（これは、"手記　ありがとう"を発刊した際、
　　　　　　実際に手紙をいただいた事から、分かったことです。
　　　　　　　　多くの方が、苦しんでいらっしゃいます。）

（ケアマネージャーの存在も、大きく関わって来ます。
　　　大抵の家族の方は、「倒れた！！」と言う場合、
　　　　　　　　　　　　　　　右往左往すると思います。
大半、病院から、施設への紹介は、ケアマネージャーの仕事です。
　　事情を良く分かっている、いろいろ情報を持っている、
　　　　　　　　　　　　ケアマネージャーが、いいと思います。
　　会の存在も知っている、
　　　　　　　ケアマネージャーがいれば、いいのですが・・・）

下呂温泉病院から、退院した後（1年後ぐらい）、
　　　　　　言語聴覚士の大島いづみ先生から、
　　　　　　　　　個人的に、手紙をいただきました。
　　　「お元気ですか？　リハビリは、続けています？　等」

　　　とても、嬉しかったです。
　　　　　　こういうことも、大切だ、と思います。

「失語症の日」の、ロゴマーク。

4月25日が、
「失語症の日」
（し・つ・ご）として、
日本記念日協会に
承認されました。
2020. 2. 13.

[9月28日]
　　我家の愛猫：「ネル」が、交通事故に遭い、死んでしまいました。
　　私が、倒れてから、1年目に、
　　　　　　　両親が、声出しの練習用に、飼ってくれた、猫でした。
私の失語症を改善してくれた、猫でした。

　　鳴き声を出す、子猫は、言葉は出ないですが、悪戯好きですから、
　　失語症の方には、いい、声出しの訓練相手になる、と思います。
　　　　　　　　（死んでいくときは、悲しいですが・・・・・・）

　　「ネル」は、よく、受け答えをしてくれました。
　　「ネル」が、悪戯をする。
　　私が、"ダメ！　ダメ！！　ダメーーーー！！！"と言うと、
　　　　　　　　「ニャ〜〜〜」と、答えてくれました。　合掌

［１０月］　フェイスブックの友達（言語聴覚士）の、書き込みより。
　　　　　　　（砂田真弓さんの先生です。　文章は、了承済み。）

"担当の利用者様から、
『失語症になって、良かった。』って、言われました。
家族や友人に支えてもらっていることに気付けたこと、
　　　　　　　　　　　　　　　　　私に会えたこと・・・

年々、できることが増えていると実感していることも、
　　　　　　　　　　　　　　　ゆっくりと伝えて下さいました。
　　　　　　　ＳＴ（言語聴覚士）冥利に、尽きるお言葉でした。

とても前向きで、明るく、ストイックに黙々と課題をこなして
　　　　　　　いく彼女には、いつも、教わることばかりです。
フリートークをしながら、二人で涙してしまいました。"

障害の差こそあれ、こういう姿が、いいですね。

全国にいらっしゃる、失語症等の方々。
　　「もう、ダメだ・・・」と言うより、地道に、やって下さい。

"１週間で20分程度の課題を与えて、何もやってくれない・・・"
　　　　と、言う方も、いるかも知れませんが、
　　　　　　　　　そこのところは、考えようによりけりです。

「何も、やってくれないから、自由に出来る！！」
　　　　　　　というふうに考えれば、いかがでしょうか？

人のいいなりになってばかりでは、壁が出来てしまう、と思います。
　　言語聴覚士は、"ヒントを与えてくれる人"と考えては、
　　　　　　　　　　　　　　　　　　　いかがでしょうか？

ここで、言語聴覚士の一場面を、紹介等をします。

［１０月］　フェイスブックの友達（言語聴覚士：西村紀子先生）の、
　　　　　　　　　　　　書き込みより。　　（引用、許可済み。）

失語症の言語訓練の目的は？
[言語室での訓練だけではない、私たちのお仕事。]
（前回分、および、前半部分は、略）
　そして、訓練効果を待つことなく、日々、近しい人との
コミュニケーション活動は行われています。

なので、私たち、言語聴覚士がすべきことは症状の分析だけでなく、
「どのような機能が残っているか？」と、
「どうしたらコミュニケーションが図れるか？」を
考えて、何かしらの手段を計画し、
　　　　　　　　　　　　周囲の人にも、お伝えすることです。
　何ができないか？　できない事をリハビリする。

これだけでは、不十分です。
　何ができるのか？　できる事を伸ばすには？
この視点が、とても大事ということに、改めて気が付きました。

残念ながら、重度の失語症を呈した人ほど、
　　　　　　　　　　　　言語機能は回復しにくいです。
でも、コミュニケーション能力が、
　　　　　　　改善しないわけではありません。
成功体験を増やし、意欲を高める関わりをして行くことも、
　　　　　　　　　　　　大切な言語聴覚士のお仕事なのです。

[意思が通じる涙を浮かべた、重度失語症の男性。]

相手の話す言葉は理解できている、
　　　　でも、自分の考えを伝えることが重度に障害されている男性。
　発症して数ヶ月も経っています。
先日、初めてお会いしました。

これまで、絵カードをつかって「パン」や「トイレ」を言う
　　　　　　　　　　練習ばかりしていたようです。
　そして、とにかく、言葉が思いつかないのに、何か言おうと
一生懸命に口を動かしています。
　そして、相手の言葉に気を向けていません。

でも、「はい」「いいえ」だけ表出できたら、彼が言いたいことは

ある程度、伝わるのではないか？、と思いました。

そこで、「○」「×」を書いた紙を渡して、
「私が言っていることをよく聞いてください。
　　あなたが言いたいことと合っていたら○、違っていたら×を
　　　　　　　　　　指差ししてくださいね」と、練習を始めてみました。
始めは戸惑っていましたが、すぐに何をするか理解されました。

「カラオケが好きだった」とカルテに書いてあったので、
　　　　　　　　　　　　　好きな歌手を少しずつ絞って行きました。
「女性？」、「男性？」から始まり、「歌謡曲？」、「演歌？」と
進め、ついに好きな演歌歌手と歌が、わかりました！

その瞬間、涙を浮かべていました。

私はすぐにスマホを持ってきて（便利になりました！）、
　　　　　　　　　　　　　　　YouTube で検索です。

この方は、本当に重度の障害を呈していたので、
メロディーを口ずさむしかできませんでしたが、とても嬉しそうで
した。　そして、20分という短い時間で、このようなコミュニ
ケーションが成立できて、私もとても嬉しかったです♪

だから、このお仕事が好きなんです。"

西村先生のホームページ。
http://kurumin.jp/archives/category/

[注：言語聴覚士に、宿題を出されて、
　　　「絵カードをつかって「パン」や「トイレ」を言う
　　　　　　　　　　　練習ばかりして・・・」
　　　　　これでは、ダメだ、と、思います。

　　　普段の生活の、大半は、家族の方です。
　　　家族の方でも、スマホ、パソコン、YouTube 等を使って、
　　　何でもかんでも、やってみることが、大切だ、
　　　　　　　　　　　　　　　　　　　　　　と思います。]

"「失語症手帳」があればいいのに。
　　ないなら、私が作りたい、と思いました。
一口に「失語症」といっても、その症状は千差万別で、
　　　　　　　100人いたら100種類のタイプがあると言われています。
　たとえば「読むこと」をとっても、
　　・漢字は得意だけど平仮名は苦手な人
　　・平仮名は読めて漢字が不得意な人
　　・声に出して読めない（音読）、けれど理解（読解）はできる人。
　　・その逆で音読はできるけれど意味がわかっていない人。
　　　　　　　　　　　　　　　　　　　　　　　などなど、さまざま。

そして、外から見たら、その人がどんな状態かわかりません。
そもそも失語症なのかどうかもわからない。
　　　　　　　　　　　　　　だからね、失語症手帳ですよ。

「この人は失語症です」から始まって、
　　その人とコミュニケーションするときの、コツが書いてある。

　たとえば「聴くこと」だったら、
　　「ゆっくり話してもらえば理解できます」とか、
　　「話すより書いてくれたほうがわかりやすいです」とか。
　たとえば「話すこと」だったら、
　　「まわりくどい言い方（迂言：うげん）をします」とか、
　　「言葉が出ないところはジェスチャーで表現します」とか。
一人一人に合わせて、一般の人にわかりやすい表現で。

　失語症になると、まず病院で訓練をし、
　　退院してからしばらくリハビリに通うことがほとんどですが、
　　本当に大変で長く過ごさなければならないのは、
　　　　　　　　　　　　　日常生活なんですよね。

失語症だとわかってもらえない、
　　言葉が出ないと、知らない人とコミュニケーションが難しい、
　　　　それで外出が苦手になってしまう方も、大勢います。

失語症手帳があれば（そして社会的に認知されれば）、
　　相手にこれを見せることで、
　　　　　意思の疎通が、（少しは）容易になるはずです。

誤解されることも、（少しは）なくなるはずです。
ひとりで外に出てみようかな、お店で買物してみようかな、
　　　　　　　　　　　　　　　　　　　と思えるようになるかも。

　作れないかなあ、失語症手帳。（以下、略。）"

［注：まったく、同じ物では、無いですが、
　　　「失語症生活便利手帳　ＳＯＳカード付」という物が、
　　　　　　　　　（(株) エスコアール）から、出ています。
　　　　（この書籍は、NPO法人日本失語症協議会にて。)」

でも、失語症は、時と共に、変化していきます。
　　　　　　そのことを、よく、分かって、使ってください。

本は、「頼りっぱなしでは、いけない。」、
　　　　　　　　　　　　　本は、『ヒント』です。

『訓練は、言語聴覚士に任せて、素人は、やるな。』という、
**　言語聴覚士も、居られるそうですが、私は、そうは、思いません。**

仮に、訓練は、言語聴覚士に任せておいても、
　　　　　　　　　　　　　日常生活は、いいでしょう。
仮に、言葉が、全然、しゃべれない方（全失語）でも、
家族の方が、「うんうん。　　うんうん。」と、
　　　　　　　言ってあげるだけでも、全然、違う、と、思います。
「気持ちを、分かってあげなければ、
　　　　　　　　意味が、無い。」と、思います。
私は、「家族の方が、一番、重要だ。」と、思います。

焦らず、喜び、感動等を、見つけてあげて下さい。

以下、中日新聞の記事を、読んで下さい。

失語症の若者 社会復帰支援

楽しみながら一声出して

脳の損傷により、会話や読み書きができなくなる失語症。今年、東海地方で初となる若者らのグループ「みずほ 若い失語症者のつどい」が発足した。二十〜三十代の五十人が、ボランティアの会話パートナーと二人三脚で社会復帰を目指している。（柚木まり）

「おなか、すいた」。名古屋市内で開かれた会で、失語症になった長屋友紀さん（三七）は、会話パートナーの愛知県一宮市の主婦田中春美さん（五十）にゆっくりささやいた。

高校三年の時にトラックにはねられ、失語症になった長屋さん。「さっき食べたばかりじゃない」と明るく田中さんが返し、二人で笑った。

会では、専門知識を身に付けたボランティアがパートナーになり、趣味や最近のできごとなどを話し合う。

愛知淑徳大（言語聴覚学）の鈴木朋子准教授は、失語症を「日本人が外国語を分からない状態に似ている」と説明。言いたいことがあるのに、言葉に換えられない。「考えることに問題はない。絵やジェスチャーを加えれば、意思疎通できる」

「みずほ 若い失語症者のつどい」は一月、愛知県刈谷市の契約社員藤井健司さん（三こ）らが中心となって設立した。

藤井さんは東京都内の大学生だった九年前、バイク事故を起こし、失語症と記る。記憶障害の後遺症がある。大学復学後、東京にあった若者らの会に参加した。最初は言いたいことが言葉にできず「はい」の意味で頭を下げたこともあったが、少しずつ思うことを話せるようになり、症状が改善。五年前から会社に勤めている。

失語症者のうち就職できる人は一割程度で、若者には切実な問題だ。医療機関の専門的リハビリに加え

紙に文字を書いて言葉を確認したり、スマートフォンを使って会話をする長屋さん（右から2人目）とパートナーの田中さん＝名古屋市中村区のウインクあいちで

二人三脚で会話

東海で初の交流グループ発足

て、楽しみながら会話することで言語機能が高まるという。藤井さんは「話すことに緊張する人、話す機会の少ない人こそ、参加してほしい」と呼び掛ける。

東海三県の失語症者五万人に対し、会話パートナーは百人未満と圧倒的に少ない。会話パートナーでつくるNPO法人「あなたの声」などは、二十八日から開く養成講座の受講者を募集している。参加費三千円、全五回。申し込みは、愛知淑徳大の鈴木准教授＝ファクス0561（63）9308へ。メールアドレスはtomo@asu.aasa.ac.jp

🔍 【失語症】 交通事故や脳卒中、脳腫瘍などの病気によって言葉をつかさどる部分が傷つけられ、聞いた言葉の意味が理解できなかったり、読み書きが難しいなどの症状が出る。全国で約50万人いるといわれる。

[2015年１２月５日]　中日新聞（岐阜総合）より

ここで、菅麻菜美さん（岐阜県大垣市、中学３年生）の、
　　　　　　　記事、作文、私宛の手紙を、紹介します。

心の輪を広げる体験作文（中学生部門）
菅さん（大垣・赤坂中）総理大臣賞

障害者週間（三〜九日）に合わせて内閣府が募集した「心の輪を広げる体験作文」で、大垣市赤坂中学校の菅麻菜美さん（三年）が、中学生部門の内閣総理大臣賞（最優秀）を受賞した。昨夏、脳梗塞によって重い障害を負った母親と家族とをめぐる実体験が題材。菅さんは「作文に共感してもらえてうれしい」と話している。（榊原大騎）

昨年八月。徐々にろれつが回らなくなっていた菅さんの母親が、ある晩、ついに立ち上がれなくなった。代わりにして失語症を患い、翌日に救急車で運ばれて「脳梗塞」と告げられた。三カ月ほど入院。四十

会話も不自由になった。突然のことに、「前のように話せなくなってつらかった」。失意の中にあった菅さんだったが、転機は入院一カ月後に訪れる。病床で涙を流す菅さんの手を、言葉の出ない母親がそっと握ってくれた時だ。「母が心配してくれているのがわかった。言葉はうまく理解できなくても、心はつながっていると思った」。徐々に快方に向かった母親は、前向きになれた。

家族にも変化があった。それまで母親が担っていた家事を父親や祖父、兄と分担。特に父親は、仕事の夜勤明けにも家族のために料理を作るなど、積極的に家族のために尽くすように。それ以前とは全く違った姿となった。

に、菅さんは「全く尊敬できなかった父を、心のそこから尊敬できるようになった」という。
現在は母親の症状も当時に比べると改善し、介護をしながら一緒に暮らしている。今回の出来事で、周囲の温かみにもふれることができたという菅さん。「心と心のふれあいの大切さを教える立場になりたい」と、それ

論になるという夢は、確たるものになった。「今、全員で楽しく暮らす生活が続けばいいと思っています」。

作文の題は「心のつながり」で、表彰式は三日、東京都内であった。県内では、小学生部門で伊藤大悟さん（海津市高須小四年）が優秀賞を受賞。「障害者週間のポスター」では、草野莉里さん（大垣市南小四年）が小学生部門で優秀賞、豊田理綸さん（同市西中二年）が中学生部門で佳作

障害負った母と支え合う家族

「心の輪を広げる体験作文」に輝いた菅麻菜美さん＝大垣市赤坂中で

以下の作文は、菅麻菜美さんからの許可を得ています。
活字の苦手の失語症者もおられます。　匿名希望の方の文章、参照。
　失語症の方にも読んでもらいたいので、よろしくお願いします。

花言葉
〜希望〜

（挿絵・字は、菅麻菜美さんに、かいていただきました。）

『心のつながり』

　私の母さんは、障害者です。
母さんが、私の知っている母さんではなくなったあの日から、
　　　私は、大切な人を失い、大切なことを学びました。

　母さんは、いつも笑顔が素敵で、気前のいいお喋りな人でした。
いつも家族のことを第一に考えてくれて、本当に私達のことを愛して
くれました。　私が小学校低学年の頃、人見知りで、
　　　　　友達のつくりかたも知る由もなく、一人ぼっちでした。
　それがすごく辛くて、「どうして私には友達がいないのっ・・・」、
「どうして一言、『遊ぼう』が言えないのっ・・・」と辛かった時、
母さんは、「無理して、友達なんかつくらなくていい。
　　　　無理してつくる友達は、友達じゃないの。
　　　　　　一人を楽しんでみるのも、いいんじゃない？」と、
　　　　笑顔で私を抱きしめてくれたのを、今でも思いだします。
いつだって母さんに抱きしめられると、
　　　　　体だけでなく、心までも抱きしめられる感じがしました。
どんなに辛くても、苦しくても、母さんがいたから、
　　　　　　　　　　　　　　　頑張ることができました。
　母さんの笑顔は、周りを和やかにし、いつだって輝いていました。

　幸せだった、私達家族の運命を、変えることになった
夏休みの日の夜、私は忘れたくても、忘れることが許されない、
　　　　　　　一生、後悔することになる日になりました。

　突然、母さんが立ち上がれなくなり、
　　　　　　　　喋ることもままにならない状態になりました。
明らかに母さんの様子がおかしい、と思い、
　　　インターネットを使って調べてみたところ、脳梗塞でした。

　あの時、「急いで救急車を呼んでいれば・・・」と、今でも
胸が苦しくなります。　私は救急車を呼ばず、明日の朝でも
様子がおかしかったら、救急車を呼ぼう、と思い、
　　　　　　　　　　　明日を待ちました。

　母さんの様子を確かめに行ったら、そこには、私の知って
いる母さんはいませんでした。　目の焦点も合わず、言葉も
話すことができず、まるで人形のようで、私がしでかした事の
大きさに、言葉がでませんでした。

母さんに下された診断結果は、やはり脳梗塞で、
その後遺症は、右半身不随、失語症などで、一人で生きて
　　　　　　　　　　　　　いくことができなくなりました。

　母さんと再び会ったのは、一ケ月後のことでした。
　その時の母さんは、いっぺんに話しかけても理解することが
できなかったので、ずっと「今日は、四十度越えて暑かったんだ。」、
「ここは涼しい？」、「困ったことはない？」と聞くと、
母さんは、首を使ったりしたりして、反応してくれました。

少し、不安があったのですが、母さんに、
　「母さん、私達のこと・・・　覚えてる？」の
問いに、母さんは、私達の顔を見て、
　　　　　「うん」とともに、首を縦に振ってくれました。
　その瞬間、私は耐えきれず、
　　　　　　　母さんの手を握りながら、泣き崩れました。
その間、母さんは、力強く私の手をずっと握り返してくれました。
母さんが、私の知っている母さんではなくなっても、
　その様は、昔、いつも私を抱きしめてくれ、
　　　　　心も体も母さんに守られている気持ちになりました。

　言葉のつながりを断ち切られても、
　　　　母さんと、私達家族の心のつながりは強く、
　　　　　　　　太くつながっていることを学びました。

　あれから、もうすぐ、一年が経とうとしています。
母さんは、半年間のリハビリをし、杖は必要ですが、歩けるように
なりました。　会話は、　まだ上手く話すことは出来ませんが、
少しずつ、少しずつ話せるようになっています。

たった十四年間しか、母さんとの想い出がつくれず、幾度も、
「・・・たら」、「・・・れば」と思うことはありますが、
これからは、今まで母さんに守られていたので、
　　　　　　　　　　　今度は、私が母さんを守ります。

　　母さんから学んだ「心のつながり」を、
　　　私の夢である「先生」で未来のある子供達に伝え、
　　　　心と心のふれあいをしていくのだ、と、
　　　　　母さんと手を握りあったあの日、心の中で誓いました。

菅麻菜美さんからの、手紙。

手紙を読まさしていただきましたが、母さんも家族の
ほうも元気に楽しく過ごしています。吉村さんも母さんと
同じ障がいをもっているのですね。それを知ったとき
すごく胸が苦しくなりました。でも周りの人達
の支えや吉村さん自身の気持ち（やる気）で出来
なかったことが出来るようになったのはすごく
嬉しい気持ちになりました！母さんよりも出来る
ことがたくさんあってその向上心をお母さんに
少しでもあげてほしいくらいです。（笑）

　少し自分の話をすると、内閣総理大臣賞を
受賞して大きく変わりました。自分に、家族に
自信がもてるようになりました。その前はただただ
母さんの存在が辛く、お母さんのことをずっと隠
して生活していました。やっぱり周りの目とか気にし
ていました。もう今は違います。あの時応募用紙を見つ
けなかったら…、私は今も母さんのことを隠しながら
1人で夜こっそりと泣いていると思います。　　だけど
受賞してから母さんのことも自分自身も受けいれることが
できました！…　お互い大変なことはあるかもしれま
せんが頑張りましょう！体調には気をつけてください…

菅麻菜美

原稿、手紙等、ありがとうございました。　私も、頑張ります。

２０１６年

[2016年1月23日] 倒れてから、まる、9年が過ぎる。

脳出血で倒れて　㊤

支えられるココロ

共倒れ覚悟の在宅介護

「オ・ン・ジ・チ・ワ（こんにちは）」「ア・リ・ダ・ト・オウ（ありがとう）」ー。

動かしづらい口を一生懸命に開けながら、声を振り絞る。佐藤栄索さん（よし）＝東京都杉並区＝の発声練習が始まった。妻の玲子さん（まこ）も、横で負けじと口を開ける。「ほら、口の形はこうでしょ」。夫婦二人、こんなふうに毎日見つめ合い、文字通り手を取り合って暮らして八年四カ月が過ぎた。

二〇〇七年九月十八日夜、自宅台所でパジャマ姿の佐藤さんが倒れているのを、当時大学生だった長女早苗さん（さ）が帰宅して見つけた。玲子さんは、たまたま友達と映画に出掛けていて留守。「だいじょうぶ、だいじょうぶ…」。早苗さんに抱えられていすに座った佐藤さんはつぶやいたが、体は再び右側に崩れ落ち、意識もなくなった。

救急車が何軒かの病院を巡った後に到着したのは、西隣の東京都武蔵野市の病院。玲子さんが遅れて駆けつけると、医師が告げた。「まず良いお知らせ。ご主人は命に別条はありません。悪いお知らせは、一生

左前部の脳出血により、右半身まひ、高次脳機能障害、全失語、との診断。玲子さんは、誰か他人のことを言われている気がした。

佐藤さんは山形県の織物工場の次男に生まれ、早稲田大に進学。憧れの応援部に入った。一七一ゲ、一〇〇キロの巨漢ながら、人懐こい性格。六大学野球の応援も、当時の首相と同じ読みの名とひょうきんな話芸で「神宮の名物男」となった。野球好きの高校生だった玲子さんとも、そこで知り合う。卒業後は三年の会社勤めの後に社会保険労務士として独立。二百人近い顧客を抱えて仕事も、家庭も順風満帆だった四十九歳のときの突然の出来事だった。

「もしかしたらこれは夢？明日になれば『おはよう』と言って起きてくるのでは」。玲子さんの思いも通じず、佐藤さんは眠り続けた。「エイサク！寝てる場合じゃないぞ」と、見舞いに来た応援部の同期の声掛けに「あー」と、反応したのは一カ月半後。病床で体を起こす、座る、車いすに乗るといったリハビリを経て、退院のめどが立つまでにさらに四カ月を要した。

しかし、退院が迫って玲子さんは焦る。佐藤さんは日常生活にほぼ全介助が必要な要介護４（現在は３）の状態。主治医やケアマネジャーら誰もが在宅介護を介護状態となること。今後では元首相と同じ読みの名とか、しゃべるようになるとは思わないで」

ただ、病院で毎日三時間も行っていたリハビリが、施設では介護保険の制度上、月に計四十時間余しか受けられない。また、五十歳になったばかりの夫に対し、周囲は高齢者ばかり。それで費用が安い多床室は仕切りのカーテンすらないところも。

自宅から三時間近くかかる郊外の施設も含め数カ所を下見した後、玲子さんは何げなく言った。「あなた、家に帰る？」。途端、佐藤さんの顔が輝いた。

佐藤さんが自宅に戻ったのは、床の段差解消、浴室の全面改修など約八百万円かけてリフォームを行った後、〇八年六月末。この間に一人娘の早苗さんは新潟に嫁ぎ、玲子さんにとって頼る人は誰もいなかった。

想定せず、言われるがまま施設を探し始めた。

「くよくよしても始まらない。向き不向きより前向き！」「共倒れも覚悟」。玲子さんの二人三脚が始まった。　（白鳥龍也）

妻の玲子さんと一緒に発声練習する佐藤栄索さん＝東京都杉並区で

（私が思うに、発声練習ではなく、口真似の練習だと思います。）

脳出血で倒れて（下）

妻の玲子さんに車いすを押してもらう佐藤栄索さん＝東京都杉並区で

無念さ、みじんもなく

ヒュルルル――。風が、耳元で渦を巻きながら通り過ぎる。空気は冷たいが、日差しは明るい。今日は、どこに食事に行こうか。車いすの佐藤栄索さん（五二）、それを押す玲子さん（五し）夫婦＝東京都杉並区＝に自然と笑いがこぼれる。

二〇〇七年九月に脳出血で倒れ、九カ月後に退院した佐藤さん。以後ずっと、玲子さんが自宅で介護をしている。

左前頭葉の損傷により、佐藤さんは右腕が全く動かず、右脚は数秒間、体重を支えられる程度の力しかない。また、過去から現在に至るまでの記憶や知識のところどころに欠落がある。玲子さんが最もショックを受けたのが「全失語」という状態だ。「言葉が話せなくなっても、五十音表を

指してもらえれば意思疎通はできる」と思っていた。が、全失語とは「読む」「書く」に加えて、「話す」に加えて、「読む」「書く」にもできないことだと後から知った。

専門家の指導を受けた佐藤さんの言語リハビリは、能力は、毎日訓練を繰り返さないと持続できない。

しかし、そこは夫婦。玲子さんには、佐藤さんが発

過をたどっている。これまでに、たどたどしい発音でヤ（いいえ）」といった言葉に加え、表情や身ぶりを操って電車にも気軽に乗れる。ビールで乾杯、二人でワイン一本を空ければ上機嫌。早稲田大応援部の当時の仲間が、三十人も集まって毎年開いてくれる激励会だ。

する「アー（はい）」「イど を確かめて予約。佐藤さんの乗った車いすを巧みに見ればだいたいの気持ちは分かる。左手を使い、住所と名前は何とか漢字で書ける。それらの

自宅内の佐藤さんは、キャスター付きのいすに座り、左足で床を蹴って移動。左腕で手すりを持てば立つこともできる。全介助会だ。

旦下の夫婦の大きな楽しみは、月に二回ほど外食に出掛けること。玲子さんが事前に店のトイレの状況な

ど、路線バスに乗って通う。行き先の書いたカードを首から下げ、頼めば運転手が車いすの乗降を手伝ってくれる。

施設にも佐藤さんは一人で出掛けるが、送迎のない施設にも佐藤さんは一人で

が必要なのは入浴。ほかに手伝ってもらうのは洗顔や爪切りといった主に身支度の面だ。身体機能回復と言語リハビリのため週三日はデイサービスセンターなど

「認知症で目が離せないなど、介護でもっと苦労している人はたくさんいる。それに比べたら、私はたいしたことはしていません」

一方の佐藤さん。働き盛りに倒れ、重い障害が残った無念さをみじんも感じさせない。即座に首を振る夫を見て、あきれると同時に思った。「行きたい所に行き、食べたい物を食べ、不自由ではあるけれど苦労はしていない。この人は今のままでいいんだな」

現在、夫婦の収入は佐藤さんの障害年金など公的な手当てだけ。蓄えを取り崩しながらの家計は楽ではないが、佐藤さんはそのことも「どこ吹く風」の表情。「私の人生、返せっ」とからかう玲子さんに「ワハハ」と、ひときわ高い笑い声で応えた。（白鳥龍也）

共倒れも覚悟の自宅介護だったが、八年後の今、「実際はあまり困ることはなかった」と玲子さん。

あるとき、玲子さんはこう尋ねた。「もし知識や言葉が戻ったら、また働きたい？」。

（後日、奥様から手紙をいただきました。　ありがとうございました。）

「脳卒中からの改善　2（前半）」は、終了とさせて頂きます。

私の障害（言語障害・右半身不随・高次脳機能障害）は、
　　　　　　　　　　　　　　　　もう、治らないかも知れません。
　けれども、努力します。　　足掻きます。（現在、55歳。）
　文献・新聞等を見ながら、
　　　　　　　　また、リハビリの先生方を頼りにして、頑張ります。

ただし、リハビリの先生方も、転勤・退職等があります。
　　　　　　　　　　　　　　　　　　最後は、自分自身です。
皆さんも、可能性がある限り、頑張って欲しいです。

先に登場された方（匿名希望）のように、
　失語症・半身不随・高次脳機能障害は、
　　　　　　"本当に大変で長く過ごさなければならないのは、
　　　　　　　　　　　　　　　　　日常生活なんです"。

諦めては、もう、成長は望めません。
　どうか、どうか、希望を持って、取り組んで欲しいです。

もう一度、言います。
脳卒中の方は、退院してからが、勝負です。
　　　　　　退院してからが、勝負です。

私も、退院してからが、分かれ道でした。
　　　"これでは、ダメだ！！"

私も、今頃、どうなっていたか、分かりません。
言葉も恥ずかしくて喋れなかったかも、
　　　　　　　　文字も書けなかったかも、知れません。

病気・後遺症になったことは、別段、恥ずかしいことではありません。
　"言葉が上手く喋れない。"、"文字をすぐに忘れてしまう。"等。

あえて、言います。
リハビリも、生活も、仕事・復帰のことも、頑張って下さい。

じ〜〜〜、としていても、情報・運は、来ないです。
しかし、情報・運は、いろいろなところに、転がっています。

「万人に、共通する治療・本は、無い。」と思います。
　新聞、書籍、ホームページ等を、あたってみて下さい。

治療方法については、本文でも取り上げました。
この先、いろんな治療方法が、出て来ると思いますが、
　　　　　根本的な治療方法は、難しい、と思います。

諦めずに、努力し続けることが、**最大の近道だ、**と思います。

医師等でもない**素人**の意見、「脳卒中が、治りました！！」には、
　　　　『それで、どうしましたか？　自分一人の事でしょう？』と、
　　　　　　　　　　　　　　　　　　　　　　　　　　言いたいです。

もう一度、私がやっている運動等の、写真を載せます。

車から降りる時の写真
　　　　　　（右脚が、筋緊張のため、上手く、機能しない！）

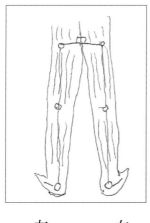 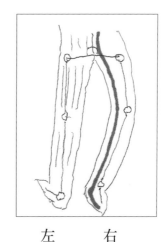

　　　左　　　右　　　　　　　　　　左　　　右
　　　　中心線　　　　　　　　　　　　中心線

　　　　　　　　　　　　（左足の底面は、面で、支えている。
　　　　　　　　　　　　　右足の底面は、点で、支えている）

　　正常な筋肉(イメージ)。　　　　私の右脚の筋緊張の、イメージ。
　　　　　　　　　　　　　　　　大げさに、描いてあります。
　　　　　　　　　　　　　　　　　右脚のみ、ガニ股。

ある先生：「吉村さんの描いた図（赤の線）は、もっともです。
　　　　　　恥骨から、膝裏あたりにかけての、筋緊張が、高い。」

座ってばかりでは、しょうがない、と思います。
　　「臀部等の筋肉が、やせ細っていくばかりだ！！」と、思います。
　　　　　　　　　　　　　　　　　　　　（ペッタンコお尻！）

　　また、腸等の調子も、おかしくなる（と、思います。）

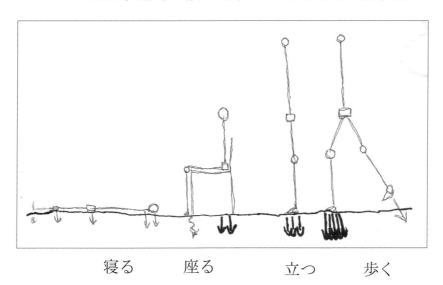

　　　　寝る　　　　座る　　　　立つ　　　歩く

↑進行方向

不自由ながら、歩ける方は、出来れば、
　エアロバイクも、足こぎ車イスも、止めたほうがいいと思います。
「腰が、一定の状態で、動かない・沈んでしまう。
　　椅子に、座っている状態と、同じだ！」と、思うからです。

エアロバイク

足こぎ車イス

私：不自由ながら、「歩ける方は、歩くことが、重要だ。
　　なるべく、姿勢を真っ直ぐに、保って、
　　　　仮に、筋緊張があろうとも、右脚のみガニ股になろうとも、
　　　　杖を突きながらでも、手すりにつかまってでも、
　　　　ひたすらに、歩くことが、重要だ。」
　しかも、散歩・運動する時は、「（小股では無く、）
　　多少、大股で、ゆっくりと歩くことが、大事だ。」と思います。

脳卒中になっても、「まだ、健康で生きていたい！」と言うのならば、

基本は、歩くことだ、と思います。

「足こぎ車イスは、筋力も付くから、また、
　　脚・腰への、負担も少なくすむので、いいですよ！」と
　　　　　　　　　　　言われる、先生もいますが、・・・

イス、足こぎ車イス等
（腰が、**動かない！！**）

立つこと、起ち座り、歩行等
（腰が、**動く！！**）

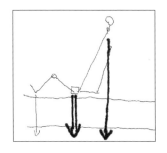

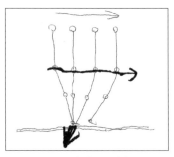

イス、足こぎ車イス等では、
重力が、感じられない・・・

立つこと、歩行、等で、
重力を、感じられる！！

・・・・・・　私には、よく、分かりません。
"負担が、少ない"から、「**効果も、薄い**」と、思いますが・・・

右半身不随（上肢・下肢）に、ついて。

上肢：何でも、左手一本で済ますことが、ほほ、出来る。
下肢：ベッド・椅子に付いたままでは、**歩行は、出来ない！！**
　　　腰、ふともも辺りから、衰えて来る原因、と思います！！
　　　多少、不自由でも、
　　　右足・左足で、交互に歩くことが、大切だ！！
　　　　　　　　　　　　　　　　　（と、私は、思います。）

歩行が出来ない方は、**立ち座り**も、いい、と思います。
　ふくらはぎを、動かす。　ふくらはぎを、もむ。
　　　　　　　（ジ～～～としていると、固くなってしまう！！）
　　『ふくらはぎは、第2の心臓だ、と言われる。』
　　　　ジ～～～、と座ってばかりは、良くない、と思います。

ただし、以前にも、出て来ましたが、「立ち座りでも、
　　　　膝の捻じり（ネジリ）は、良くない。」と、
　　　　　　　　　　　　　　　　　　　　　　　　思います。

また、休み休み、時間をかけて、
　　　　　　　１０～２０回程度、やることが、いい、と思います。
　　　　　　　　　　（膝を、痛めてしまうからです。）

また、こんな話も、聞きました。
"神経は、1年間で、1㎜しか伸びない。"

言語機能の神経も、同様だと思います。
けれども、諦めずにやっていこうと思います。　足掻きます。

前半では、特に、気持ちのことを、取り上げました。
何故か？　普通の方は、喋ること、書くことが出来ます。
　しかし、失語症・高次脳機能障害にかかられた方は、
　　　　　（全く、）ほとんど、上手く、話せません。
　　　　　（全く、）ほとんど、上手く、書けません。
（失語症・高次脳機能障害の当事者・経験者が書いた本は、
　　　　　　　　　　少ない、という話です。（補足、参照。））

だから、失語症・高次脳機能障害のことを、
　　　　　　　　　　知っておいて欲しかったから、書きました。
私には、知識不足・経験不足なので、“これで十分だ！”とは、
　言えませんが、困っている、失語症・高次脳機能障害の方に、
　　　　　　　少しでも、役に立てたならば、と思って書きました。

私は、運良く、立ち直ったのみです。

運・情報は、転がっています。
小さな物でいいから、運は、捨てないで下さい。
　　　　　　　　　　希望を捨てないで下さい。

まだまだ、倒れる方、閉じこしまっている方・・・・・
　でも、ただ、気長に、そばにいてあげて下さい。
ひょんな事で、失語症・高次脳機能障害は、
　　　　　　　　　　改善するかも知れませんから。

フェイスブックの友達：藤本佳子さんより、届いたメッセージです。
　（この方は、父親が失語症になってしまわれた方です。
　　　　　　　　　　　　　　　文章、許可済み。）

父が、失語症にならなければ知らなかった、障害です。
意識が戻って話せない父に、
指差ししてもらおうと、50音表を見せても、わからなかった時に、
　　　　初めて、「これは、大変だ！」、と。

当事者にならないと分からない、見た目は普通なのに、
　　　　　　　　　　　話したいことが話せない。

頭では分かっていても、口から出る言葉は、違う言葉。
見た目は、普通です。　でも、**とても、重たい障害です。**

知ってください。
　例えば、「りんご」と言いたくても、
　　　　　"おかあちゃん"って、言ってしまいます。

父が、脳梗塞で失語症になった時に、この本（手記）を購入し、
　　　　　　　　　　　　　　　　励まして頂きました。

その後、リハビリを、ものすごく頑張って、
　　　　字は、理解できるようになったけど、
　　　　本人は、どれだけ辛くて、悔しかったのかなー、と思います。

失語症という病気を、父を通して知ることが出来て、
　　　　　　　　　　　　　　　セミナーに行ったりしました。

そして、言語療法のリハビリに、ものすごく頑張ってる、父の姿。
リハビリの先生に、
　　　「ここまで回復するとは！　もう少し、診てあげたい。」とまで、
　　　　　言ってもらえたことが、父を通して、いくつになっても、
　　　　　　　　　　　　　　前向きにと、教えてもらえました。

失語症は、まだまだ認知されていなくて、
　　　　　　　そのための啓蒙活動であることも、理解しました。

今、希少難病の方の話を聞く機会も増えましたが、
知らない病気がたくさんあって、それを全部助けるのは、困難です。
　　　失語症のことは、知ってもらえるようにしたいと感じました。

父が、亡くなる少し前に、テレビを見ながら、
　　　「さざんかの宿」を、すらすら歌って、
　　「歌えちゃった」 と、本人も驚いて、
　　　　家族で大笑いしたのは、
　　　　　　　神様からの贈り物だったのかもしれません。

　　　　　　　　　　　　　　　（藤本佳子さんの投稿。　終）

全国規模でやる、失語症のアンケートも、出て来ました。
映画「言葉のきずな」も、各地で上映されています。
また、「言語くん」という物も、発売されています。
　（高価な物でなくても、
　　　音声が出る、五十音の子供向けの学習機材も、あります。）

また、2016.3.「岐阜　若い失語症の会」の情報も、見つけました。
（『「失語症の友の会」を作る。』という話は、後半にあります。）

地道ではありますが、順次、活動は広まっていくでしょう。

私の本が、いろいろな活動（会を起ち上げる、等）の
　　　　　　　　　　一助となってくれれば、幸いです。

興味がある方は、各地にある失語症友の会・高次脳機能障害友の会、
　　私が発信する、"手紙による交流の場　失語症等友の会"等に、
　　　参加して欲しいです。　　家族の方も、参加して欲しいです。

私が発信する、「手紙による交流の場　失語症等友の会。」は、
　　それは、今、この本を読まれている、読者の皆さんです。
特に、失語症友の会等が無い方。　　参加（文通）して下さい。
　　　フェイスブックでも、いいです。
　　　　　　　　　　　　　　（この本の、最終ページあたりを。）

私の体・生活は、元通りに戻ることは、難しいかと思いますが、
　　少しずつ、少しずつ、努力すれば、改善することは可能かと、
　　　　　　　　　　　　　　　　　　　　　　　　　思います。

私は、最初、パソコンの練習台から始まって、
　　　　　　　　　　　　　　散文、そして、本を書けました。

前半で登場された、絵を描かれる高橋正道さん、
　　　　　山岳木彫の百瀬尚志さん、シェフの野村青児さんのように、
絵、彫刻、陶芸等（高次脳機能障害の方でも、出来るはずです）、

書、絵手紙、失語症の方の合唱団等、
料理、片手でピアノを弾く等（半身不随の方でも、出来ます！）、
　作業所に通う、失語症等の会に入る、障害者スポーツをやる、等。

また、砂田真弓さん、西村紀子先生、匿名の方のように、
　あるいは、私の本：
　　　　　　「改訂版　実録　失語症の改善記録・訓練帳」にあるよう
　『何でもいいから、やってみよう！
　　いい加減で、いいから、
　　　やってみよう！！』が、大切だ！！、
　　　　　　　　　　　　　　　　　と、思います。

「片腕が、不自由になった。
　　　　　　でも、もう一方の腕があるじゃないか！！」、
「言葉が、不自由になった。
　　　　　　でも、筆談（文字盤）があるじゃないか！！」、等、
　　　　　と言うことまで、辿り着くことが、大変ですが、
　　　脳に障害がある書道家・美術家もいます、
　　　隻腕の書道家・美術家・ピアノ奏者もいます、
　　　口で筆を持つ書道家・絵筆を持つ障害者もいます、
　　　　車椅子に座っている社長も、寝たきりの社長もいます、等々。

　　“努力すれば、生活の質は、少しずつ向上するでしょう！！”に
　　　　　　　　　向かって、努力してみて下さい。

皆さんも、何でもいいので、挑戦してみて下さい。
　　　そして、笑うこと、笑顔になることです。

脳卒中になっても、
　　　笑顔で生きた証しを、残して欲しいです。

諦めては、ダメです！！
　　　　希望を捨てないで下さい！！

野村正成先生が、言われる。

"マウス等で実験をしようとも、未解決な部分、未知数な部分がある。

人間の体、特に、脳は不思議だ！　未知数だ！！

だから、まだ、可能性がある！！"

可能性を信じて！！

なお、私の失語症は、ブローカ失語、と思います。（本文参照）

「ブローカ失語が、改善の可能性が高い。」と書かれている本が
ありますが、フェイスブックを見ていると、倒れた時は、訳の
分からないことを喋っていた（ウエルニッケ失語と思われる）方が、
改善した、という報告を、載せていらっしゃいます。　他。

あえて、言います。　頑張って下さい。

私は、あくまで、手紙を出したかったのみです。
　（"脳卒中からの改善　1"の、
　　　P64：「それに、・・・・・・」が該当する、部分です。）
　　　　　　　　　　　　　　　　　本は、その副産物です。

あくまで、自慢話ではなく、
　　　　　　　「気持ちが分かる本」を、目指したかったです。

まだ、助けを求めていらっしゃる方は、
　　　　　　　　　　　　数多くいらっしゃる、と思います。
（もし、周りの方で、脳卒中等で、困っている方がみえたら、
　　　"こんな本もあります。　一度、読んで下さい。"と、
　　　　　　　　　　　　　　勧めてあげて下さい。）

終章

2015年3月28日　20:00ごろ、電話が鳴る。　私が、取る。
　「もしもし。（無言・・・）
　　　　　　もしもし。（無言・・・・・・　切れる・・・）」

電話してきた方は、"脳卒中からの改善　1"、
　（すなわち、"手記　こっちに、おいで・・・"）の夢に出て来た、
　　　　　　　　　教え子かも知れない・・・、と、思い当たる節もある。

もし、電話してきた方が、夢に出て来た教え子だとしたら、
　　　　　　　　　　　　　　こう、手紙を送りたい。

私が倒れた時、夢に出て来てくれて、
　　"こっちに、おいで・・・"と言ってくれて、ありがとう。

　御陰で、多くの方が、救われました。

また、"手記　こっちに、おいで・・・"が出版された時、
　　"手記　こっちに、おいで・・・"と共に送った、
　　　　　　　　　　　　　手紙は、読んでくれましたか？

大丈夫です。　元気です。　心配しないで下さい。

　貴女は、私の心友です。
　　　　　貴女は、私にとって、一筋の光です。　ありがとう

貴女も、元気で、やって下さい。

　　　　やるべきことが残っている人は、まだ、死に切れない。

　　　　　　（「脳卒中からの改善　2（前半）」　　　完）

障害者虐待防止法施行

家庭内に立ち入りも

相談窓口を整備　気付いたら通報

市町村と都内の区に義務

（佐藤大）

５種類の「虐待」

- 身体的虐待
  例）「殴る蹴る」「部屋に閉じ込める」
- 性的虐待
  例）「性的行為を強要する」
- 心理的虐待
  例）「子ども扱いする」「侮辱する言葉を浴びせる」
- ネグレクト（放棄・放任）
  例）「食事や水分を十分に与えない」「あまり入浴させない」
- 経済的虐待
  例）「日常生活に必要な金銭を渡さない」「財産を勝手に売る」

補足M　原美悠紀先生（言語聴覚士　フェイスブックの友達）の投稿。

言語聴覚士、患者さん達に、勇気と希望を与えてくれる本です！！

私が一番感動したのは、プラトーの話・・・・・
　　プラトーに達したら、そこまで。
　　　プラトーは、分かってる。
　　　飛躍的な回復が、無いことも。　100%、戻ることも、無いことも。

それでも、目の前で苦しみ、落ち込んでいく方を見て、
　　"割り切ることが出来ずに、もがいている、言語聴覚士は、多く居る"
　　　　　　　　　　　　　　　　　　　　　　　　　　　　と、思います。

そんな言語聴覚士に、ぜひ、読んで欲しい。
そして、ご自身の担当者さんに、伝えて欲しい。
　　　　『失語症の人で、本を書いた人がいるんだよ。』と。

「本が、書けるようになるんだよ。」とか、
　　　　　　　　　　　　　　　　約束するためのものじゃなく、
　　　　吉村さんの本を紹介した時、当時、私の担当患者さん達は、
　　　　目を輝かせて話を聞いてくれた。
　　あの目の輝きを、未だに、覚えてる。
言語聴覚士、失語症患者さん達に、
　　　勇気と希望をくれる、本：「手記　こっちに、おいで・・・」。

（プラトーとは？　（高原現象）：
　　　　　　ある一定の時期を境に、機能向上が停滞すること。）

補足Ⅹ　中澤まゆみさん（ノンフィクションライター）の感想文。
　　　　　　　　　　　　　　フェイスブックの投稿（2017.2.15.）より。

　　「当事者」という言葉は、好きではありません。
そのかわりに、私は「ご本人」という言葉を、使うようにしています。
期せずして、病気や障害をもってしまった「ご本人」たちから、
　　　　　　　　　　　私たちが学べるものは、無限にあります。

　　私は、介護家族なので、ケアをする私が、「支援」のあり方を考える
とき、私が接する「本人」の意思や、希望をどう理解し、日常のケアに
つなげていくのか、という大きな手がかりになります。

そして、何よりも「ご本人」たちの、ものがたりは、私たち自身も、病気や障害（高齢になることも含めて）の予備軍である、ということを思い起こさせてくれます。

　脳梗塞や脳出血をはじめとする脳血管疾患は、要介護になる最大の原因です。　しかし、外見上は回復したように見えても、脳の中で起こってくるさまざまな障害＝高次脳機能障害については、まだまだ知らない人が多いと思います。

　私自身がこの障害のことを知ったのも、世田谷で一緒に地域活動を続けるリハビリ医の長谷川幹ドクターに、往診同行をさせてもらってからのことでした。

高次脳機能障害の本は沢山出ていますが、

　　　　　　　　　　　「ご本人」によるものは、わずかです。
その１冊が、2007年に46歳で脳内出血を起こし、高次脳機能障害（失語症・右半身不随）を起こした、吉村正夫さんの
『手記　こっちにおいで・・・』でした。
　１冊目に続き、その吉村さんの２冊目の本：『失語症・右半身不随・高次脳機能障害との闘い』が、この2017年1月に発売されました。

　副題に、「脳卒中の人の気持ちが、よくわかる本。」とあるように、吉村さん自身のリハビリの過程とその心の動き、高次脳機能障害に関する情報が、びっしりと綴られています。

　通常の本のように、かっちりと書かれたものではなく、手づくりノートのような大判の本にした、というところに、元数学教師の吉村さんの想いと、こだわりがうかがわれます。

これは、吉村さんが、高次脳機能障害を旅する
　　　　　　　　　　　「旅のノート」なのかもしれません。

　認知症のご本人たちが、さまざまな形で、発言を始めています。吉村さんや、山形の武久明雄さんのように、facebook で、積極的に発言する、脳血管疾患の方たちも、出てきました。
「ご本人の言葉を聞く」。
このことの大切さを、
　　　　　　　　ひとりでも多くの人に知ってほしい、と思います。

　　　　　（以下、略。　中澤まゆみさんの感想文、終わり。）

後書き

もう一度、言います。　この本は、手記です。　手紙です。

文中、私は、良い人間として、登場しましたが、
　　　　　　　　　　　　　　　そんなことは、ありません。
悪いこともしました。　また、極めていい加減な、人間です。
　失敗もしたし、傷つけた方もある。　必ず。
　ある方の人生を、滅茶苦茶にしてしまったこともあります。
　　　　　　　　　　　　　　　　　　卑怯者の人生でした。
　そして、私に関わった全ての方々。　謝ります。
　　　　　　　　　　　　　　　本当に、すみませんでした。
どうか、この手記に免じて、また、この身を持って、許して下さい。

私が出来るのは、可能性を信じて、ひたすら努力すること、
　　　障害者の気持ちを伝える本、半自筆の本を作る程度の事です。
私は、本（手紙）を作り上げるのに、「手記　こっちに、おいで・・・」、
　　　　「失語症・右半身不随・高次脳機能障害との闘い」で、
　　　　　　　　　　　　　　約９年余、かかりました。

“先生・・・　元気でいてね・・・・・・”と言ってくれた方への、
　　　　　　　　　　　　　　　　手紙として、書きました。
そして、“そっとして、おいてください・・・”と言われた方への、
　　　　　　　　　　　　　　　　免罪符として、書きました。

人は、仮に、虐めにあっている方、病人、障害者であったとしても、
　　　　　何時か、何処かで、人の役に立つ時が、あるはずです。
　また、・・・　人は、いずれ、必ず、死んでいきます。
　脳卒中で意識もなく亡くなられる方、病気で、交通事故で、・・・

私も、いずれ、必ず、死んでいきます。
　その中で、何をするべきか？
人は、自分が出来ることをやればいい、と思います。
私は脳卒中を患った者として、体験談・手記、２冊を書きました。
　一人の方を、救えたならば、もう、十分です。

「虐め」に遭っている、障害者の方々。
　　　　　　　もちろん、応援してくれる方もいます。

74

だが、そうでない人もいます。
人の足を引っ張る人、金儲けばかり考えている人、
　　人の迷惑を全然考えない人、金魚の糞のように出来もせず、
　　　　　　　ヒョコヒョコ横槍を入れて、しかも、せせら笑う人、
　　　　人の話を全然聞いていなくて、しかも、怒る人、・・・
（2019 年 12 月。　　人伝に、聞く。

出版を邪魔した：社長＆は、脳卒中で、倒れた。）

それ以外の「虐め」に遭っている方も、敢えて言います。
　　頑張って下さい。

障害者差別解消法が、出来ました。（2016 年 4 月 1 日、施行。）
　　でも、そんな法律（障害者虐待防止法、障害者差別解消法）が、
　　　　　　　　　　　　　　出来ること自体がおかしいと思います。
　　せめて、「障害者」ではなく、
　　　　　　　チャレンジド・ピープル（challenged people）と
　　　　　　　　　　言う言い方に、変えて欲しいです。

私のことは、もう、いいです。
2016 年 7 月 26 日、神奈川県相模原市の障害施設で、
　　　　　　　　　　　　　　　　凄惨な事件が起きました。
　　“障害者など、いなくなればいい。”　　絶対に、間違っています。
　　　　事件で御亡くなられた方々。　　御冥福をお祈りします。

原稿等に協力いただけた方々。　　ありがとうございました。

訳の分からない、本文、終章、後書きで、申し訳ありませんでした。
　　その訳は、言いたくありません。　　手紙なので、ご容赦下さい。
　　もう一度、言います。　　この本は、本の形を取った、手紙等です。

読者の皆さん。　　ありがとうございました。　　吉村正夫（前半　完）

　　　　　　　ある方の言葉を、借りて、言います。
　　　　　　　　“そっとしておいて、ください・・・”

「脳卒中からの改善　2」（後半）　　『脳卒中は、治りますか？』

医師に、問いたい。
　　　　　『脳卒中は、治りますか？』

リハビリの先生に、問いたい。
　　　　　『脳卒中は、治りますか？』

脳科学者に、問いたい。
　　　　　『脳卒中は、治りますか？』

素人が、言う。
　　　　　「脳卒中が、治りました！！」　　・・・？？？

果たして、どの答えが、正解でしょうか？
この本を、手に取られた方は、即座に、正解を求めてくるでしょう。

後半では、主に、国の法律のこと、素人と医師の違いのこと、
　　　　　また、「リハビリとは、何ぞや？」、
　　　そして、『治るか、治らないか？』という
　　　　　　　　　　　　　　　　　話を中心に、書きます。
　　　　　（56歳～57歳ごろ。　2017/3/～2018/10/ごろ。）

「脳卒中からの改善　2」

後半の目次　　（『脳卒中は、治りますか？』）

終わりに：「倒れてからでは、もう、遅い！！　予防編」は、
　　　　　　　　　　　　　１２６ページ以降にあります。
　　　　　　　　　　　　　　　（目次は、ありません。）

１章　以前の章（「脳卒中からの改善　１」、
　　　　「脳卒中からの改善　２（前半)」）を読まれて、如何ですか？

国の法律
↓
医師（医師に、診断する権限が、有ります。）
↓
リハビリの先生（診断する権限が、無いです。）
↓
・脳科学者（同上、無い。）
・看護師、介護士、施設の職員等。（同上、無い。）
・施設の利用者さん達（同上、無い。）
・市の調査員。（同上、無い。）
↓
素人が、“治りました！！”と言って広言する。（が、
　　　　　　　　　　　　　同上、**絶対に、無いです。**）

［注：あくまで、単一の職種の場合のことです。
　　医師と脳科学者の掛け持ちの場合もあります。　お願いします。］

素人の私は、脳卒中に関しては、
　　　　　　経験者ではありますが、医師ではないので、
　　　　　　　　“治りました！”という権限は、無いです。）
　　また、「治る」という言葉は、何ですか？

よって、題名は、ストレートに、
　“『**脳卒中は、治りますか？**』
　　　　　　失語症・右半身不随・高次脳機能障害との闘い”と、
　　　　　　　　　　　　　　　　　　　　　　　しました。

倒れてから、10年余が、経ちました。
　　（私の夢は、終わりました。
　　　“何故、生き残っているのか・・・”、という疑問と共に、・・・）

次のような方もおられますので、脳卒中で困っている方に
　　　　　　　　　　　　向けて、本を書こうと思います。
　　　　（ただし、**素人**の私の経験に基づいた、手記です。）

2章　言語聴覚士：森田秋子先生からの願い

2017年3月23日、森田秋子先生にいただいた、願いもあります。
　そのことを、書きたいと思います。

（場所：愛知県名古屋市、鵜飼リハビリテーション病院
　　　　　　　　森田先生は、東京：初台リハを辞められて、
　　　愛知：鵜飼リハに、就職されました。　付添人：原司先生）

森田先生：
　"「売れなくても、1人の方に思いが通じれば、御の字です。」と
　　いうことに、吉村さんが、そういう人だ、と納得しました。（略）

　教え子の方に、10年かけて、手紙（本）が書けて、良かったですね。

　表面に出てこないが、救われた方もいると思います。
　私の願いは、これからも、書き続けて下さい。
　心穏やかに、同じ失語症の方と共感し合うため、
　　　　一般の方に失語症を理解してもらうために、
　　　失語症という障害の苦しさを、
　　　　　吉村さんの人生を語って欲しい、と願います。"

原先生　私　森田先生

後半の、私の結論を、まず、言います。
脳卒中は、『国が定めた、特定疾患』なので、
　　　　　　おいそれとは、治らない、と思います。
（脳卒中は、国が定めた、特定疾患の16種類の内の、ひとつです。）

けれども、『改善する可能性は、ある！！』と、
　　　　　　　　　　　　　　　　　　　　　思います。

3章　実習生と私との会話から（2017.5.初旬）
　　　フェイスブックの友達の投稿より

今、私が通っている、施設（シクラメン）に、実習生
　　　　　　　　　（理学療法士の卵。学生：4年生。）が、来ている。
実習生には、こんな質問をやっている。

私：「私は、こんな体になっても、まだ、
　　　　　　25年ぐらいは、生きて行かなければならない。
　　　　　　　　　（倒れた時、46才。　現在、56才。）

　　治るでしょうか？
　　それとも、5年間は頑張って、
　　　　　　　　あとの、20年間は、知らんぷりでしょうか？
　　それとも、良くならない状態で、
　　　　永遠に、リハビリを、続けなければならないのでしょうか？
　　それとも、即座に、"諦めて下さい。　治らないよ！"と、
　　　　　　　　　　　　　　　　　言うのでしょうか？」

実習生は、「初めて、こういう質問を、聞いた。」と、
　　　　　言わんばかりに、ポカ～～～ン、としている。

以下、感想・コメント。

鳥崎史世さん（フェイスブックの友達）
「同感です。　私も、はじめは、少しでも回復し、
　　　　　　　　　さらに、元に戻ると思っていました、が、
　　　　日を追うごとに、
　　　　　　　"それは違う"、と分かり始めました。

　　区の方にも、見ていないんだったら、
　　　　　　　簡単によくなると言わないで欲しいと、言っています。

　　ST（言語聴覚士）の方にも、言いました。
　　　　　　　　　"なんで、ST になったの？" って。」

河田慎平さん（言語聴覚士、フェイスブックの友達。）
「こんな、大事な問い掛けを受けられた学生さんは、
　　　　　　　　　幸運だったかもしれません。」

河田さんの、自問自答。
「気休めは言えない。　しかし、希望も持ち続けたい。
　　さりとて、それを裏付けるエビデンスは、必ずしも十分ではない。
　そもそも、機能レベルの回復を、云々するだけでよいのか。
　　しからば、ご本人にとっての回復とは何なのか、
　　　　　　　　よくなるとは、何ぞ・・・
　　堂々巡りの自問自答を、繰り返しております。
　　皆様ならどう答えますか？　私たちも、とことん考えたいです。」

ある方。（理学療法士　　連絡が、付きませんでした。
　　　　　　許可無しで、載せました。　責任は、私にあります。）
「"治りますか？" は、セラピストなら、
　　　　　　　　　一度は、言われる問いかけです。

「治る」とは、何をもって治ると言うのか。　難しいです。
　でも、若いうちから、
　　　　諦めで「治らない」とも、言ってほしくない。

　　希望のあるリハビリを、若い人には、期待します。」

Yoko・Haramakiさん（言語聴覚士、フェイスブックの友達）
「すごく胸打たれます。
　　実習生だけではなく、全セラピストが、考えることです。」

Yoko・Haramakiさんの、自問自答。
「失語症当事者さんの記事を読んで、
　　　　　　　　　　私も、“うむぅ・・・”と、唸ってしまいました。
こちらの当事者さんの言葉に、どう感じどう考えるのだろう。」

西村紀子さん（言語聴覚士、フェイスブックの友達）
「あ＝　すばらしいです！　考えさせられます。
　　　当事者の言葉に、勝るものは、ないです。」

井上朱美さん（言語聴覚士　フェイスブックの友達）
　「改めて、
　　“この仕事って、なんなんだろう？”と、考えさせられます。
　　　　　　　　　　　投稿、ありがとうございます。」

坂本尚子さん（言語聴覚士、フェイスブックの友達）
「実習生にとっても、セラピストになった際の、
　　　　　方向性を担う大きなテーマになる質問だ、と思います。

　もちろん、患者さまとしては、
　　『病気が治って、元通りの生活を送りたい』と思われるのは、
　　至極当然のことなので、それに対して、自分がセラピストとして、
　　　　　　　　　　どう向き合うかは、とっても重要ですよね。

　じっくり考えて、
　　　　自分なりの答えを見つけてきてくれると、いいですね(ˆ-ˆ)」

佐辺あゆみさん（言語聴覚士　フェイスブックの友達）
「結果的に、改善していく方は、**多いです。**（１３章、参照。）

でも、脳卒中という結果は、結果なので、
　　　失ったものを振り返らずに、前向きに、
　　　　楽しく過ごせる様に、向き合っています。

ですから、最近は、やたら趣味や、世間話などで、
　　　　　　　　　　　　　盛り上がることが多いです。
患者さんとしては、出来なくなった趣味もあり、
　　　　悔しい思いも抱えているけれど、
　　　　　　好きな事を話したり、聞いたりするのは、
　　やっぱり、楽しいです😄(訓練もしていますよ＾＾)」

湯上輝彦さん（フェイスブックの友達、
　　　　　　　　プロミュージシャンとして活動。

2012年10月19日、脳出血で倒れる。　右腕が重症の為、
　　　　左腕だけでもギターを弾くために、リハビリを開始。
　　　以後、「片腕のギタリスト」として、活動されています。）

「僕は、"治る日が来る"と、
　　　　　　　　希望を持って生きて欲しい、と答えます。
　今の世の中、沢山の研究者・学者・医者が、その問題に対して、
　　　　　熱心に取り組んで下さる方々がたくさんいます。

再生医療も、素晴らしい成果をあげています。
人間の身体は、素晴らしいです。
もしかしたら、新しい発見があるかもしれません。
自分自身が、人体の可能性を信じ、
　　　　希望を持ち続けることが、大切なことだと、思います。

だから、"自分自身で治らない"と答えを出さずに、相手にも求めず、
　　"必ず、治る日が来る"と、信じ続けてください。」

[注：湯上さんは、ある作業療法士さんから、
　　　「ギターを弾きたいならば、
　　　　　弾けばいいじゃないの！」と言われ、
　　　そこから、片腕で、ギターを弾く、リハビリを、開始。

現在は、「左手のみで、ギターの弦を叩くように弾く。」という、
演奏方法を体得し、以前と変わらない、パワフルな演奏で、
　　　　　　　　　　　観客を、魅了されているそうです。
病院でも、コンサートを開かれてみえるそうです。]

Photo：東木場　昭裕

[注：「学校では、何を教えているのか？」と、言いたいです。

　訓練方法、国家試験対策ばかり、教え込まないで、時には、
　　こんなことも、じっくり、考える時間を、取って欲しいです。

　実習生だから、まだ、国家試験にも受かっていないから、・・・
　　　「違う。」と、思います。

　　　いの一番に、この様なことを、教えて欲しいです。

　　井上朱美さん（言語聴覚士）のように、
　　　　　正直に、悩んでいる方も、居られます。]

4章　「リハビリをやっているから、“治るだろう。”」とは、
考えないほうが、いいです！！

そもそも、
　　　「リハビリテーション」という言葉の定義は、知っていますか？

実用新国語事典（三省堂編集所編）によれば、
「身体障害者や、精神神経障害者が、
　　　再び社会生活に戻れるようにするための、
　　　　　　　　　　　　　療法や訓練。　社会復帰療法。」
　　　（句読点は、勝手に、直しました。）と、あります。

以下、いろいろな辞典等を見ても、
「麻痺した手足の機能回復訓練などは、
　　　　　　　ほんの、一部分です。」としか、書いてありません。
ですから、「リハビリ」とは、“治す”、あるいは、
　　　　　　　　　“元に戻す”というのは、かけ離れています。

（あるリハビリの先生が、言う。
　　　“リハビリとは、元に戻すことですよ！”
　だったら、元通りに、治すことは、保証してくれますか？
　　　　　　　　　　　　　　　　無理かと思います。）

例えば、
　＊骨折する。→手術する。→
　　　　　　　　　（傷は残るかも知れないが、）完治する。治る。
　＊腕がプレスされて、再生、不可能。→機能を失う。→
　（残った右手と、）左手を仕事する、工夫をする。

こんなふうに、説明すれば、いいか、と思います。

もう一度、言います。
　　「リハビリをやっているから、“治るだろう。”」とは、
　　考えないほうが、いいです。

ですから、脳卒中になって、
　"何時か、誰かが、治してくれるだろう・・・"、
　"リハビリをやっているから、治してくれるだろう・・・"とは、
　　　　　　　　　　　　　　　　　　　　考えないことです。

"何時まで経っても、治してくれない！！"とは、
　　　　　　　そもそも、大きな間違いをしています。

リハビリとは、
「生活・社会復帰療法と、治療・訓練」が、
主目的です。　機能回復訓練は、ほんの、一部分です。

「生活復帰・社会復帰のための、
歩行訓練・手の訓練・言語訓練。」とすれば、
　　　　　　　　　　　　　　　納得が行く、と思います。

単なる、機能回復訓練は、ほんの、一部分です。
「20分のリハビリを、やってもらっているから、
　　　あとは、何にもしなくても、大丈夫だろう。」という考えは、
　　　　　　　　　　　　　　　　　　　間違っています。

施設に行っても、運動・散歩なり、口真似なりすることも、大切です。

東京にある、初台（はつだい）リハビリテーション病院では、
　　　365日、しかも、集中的に、休み無く、
　　　　　　リハビリをやってくれるだろうが、
　　　　　　　　　一般の病院・施設では、無理かと思います。

以前、テレビでやっていましたが、初台リハでも、
　　　病院の紹介、訓練の様子（歩行、手）、それから、
『治って』、退院していく場面は、やっていませんでした。
　　退院して、その後の生活場面を、やっていました。

私は、そういうことが、分からなかったです。
やっと、最近（倒れてから、約10年）になって、
　　　　　　　　　　　　　　　　分かり始めました。

実習生との会話、フェイスブックの友達の投稿等を、
　　　　　　　　　　　　　　もう一度、読み直してみて下さい。

「写真を撮る。」、「ギターを弾く。」等、いずれも、
　　　　　　　　生活復帰・社会復帰のための療法かも知れませんが、
「回復目的の訓練」、「精神面も含めての訓練」、
「名誉・人権・尊厳を保つ」、「感謝する」ことも、
　　　　　　　　　　　すべて、リハビリです。
（周囲の方も、手伝ってあげなければ、無理です。）

「人間としての尊厳を、どれだけ取り戻すか？
　　　　　自分を失わないか？」も、リハビリです。

「元通りに治すことも、難しい」と言うことも、
　　　　　　　　　　　　事実だと、思いますが、
　　　　　『改善する可能性は、ある』と、思います。

[注：海外では、リハビリと言えば、
　　　　"薬物依存・犯罪者の更生"として、捉えられている。
　　しかし、日本では、一般の方には、ほぼ、
　　　　"医療の問題（運動、機能訓練）"としか、
　　　　　　　　　　　捉えられていない、（と、思います）。

　　（日本では、用語の一人歩きが、始まっている、と思います。
　　　私が、施設で散歩していると、職員の方から、
　　　　　"リハビリ、頑張っていますね！"と
　　　　　　　　　　　声をかけられる。　・・・？？？）]

WHO（世界保健機関）による定義（1981年）

「リハビリテーションは、能力低下やその状態を改善し、
　障害者の社会的統合を達成するためのあらゆる手段を含んでいる。

　リハビリテーションは障害者が環境に適応するための訓練を
　行うばかりでなく、障害者の社会的統合を促す全体として環境や
　社会に手を加えることも目的とする。

　そして、障害者自身・家族・そして彼らの住んでいる地域社会が、
　リハビリテーションに関するサービスの計画と実行に関わり
　合わなければならない。」

もう一度、言います。

リハビリとは、
「生活・社会復帰療法と、治療・訓練」が、
主目的です。

＊人間としての尊厳を、どれだけ取り戻すか？　自分を失わないか？
＊本人の諦めない気持ちが、大切。

　・生活復帰療法
　　　ゴロゴロしない！　寝ない！　起きる、顔を洗う、歯をみがく、
　　　　服を自分で着る、一日中、テレビばかり、見ない！！、等。

　・社会復帰療法（後述します。）
　　　　挨拶をする、笑顔で過ごす、感謝する、
　　　（例：ご飯の時、“ごちそうさまでした”と言う。）
　　　　　　　外の空気に触れる、町に出る、電車に乗る、等
　・気持ちの訓練
　　　新しいことへの、挑戦、取組。（後述します。）
　　　　趣味を持つ。：写真を撮る、絵を描く、陶芸をする、
　　　　　　　　　　畑仕事をする、手記を書く、等。

　・機能訓練・言語訓練・運動　　　　他

（機能訓練・言語訓練・運動は、並列で、いいと思います。）

5章　ですから！！

ですから、くどいように、言いますが、医師等でもない**素人**が、
　　「脳卒中が治りました！！」と言う意見には、
　　　　『それで、どうしましたか？　自分一人の事でしょう？』と、
　　　　　　　　　　　　　　　　　　　　　　　　言いたいです。

人それぞれに、症状等は千差万別ですシ、脳の損傷部位も、違います。
　"50日で治ったかに見える方もいれば、
　　　軽度の方、重度の方、寝たきりのままの方、
　　　意識も戻らず亡くなっていく方、・・・、人それぞれです。"と、
　　　　言うことも、全国版の手記を出版する前後から、学びました。

素人に従ってやっても、
　　　　　「どうして、治らないのか？」ということに、なります。
私の症状・体を見て、
　　　　　「治るはずだが、おかしいな・・・」と言う人もいます。
そう言う人は、「（幼児が、）カブトムシが、死んじゃった。
　　　　　　電池を入れ替えれば、また、動き出すかな？」と、
　　　　　　　　　　　　　　　　　　　同レベルだ、と思います。

素人は、自分の経験談を、話しているのみです。
仮に、新米の先生でも、実習等を積んでいるので、
　　　　　　　　　　　　　理論的な話が、出来ます。

素人の私が、どうして、文字が書けるように、
　　　計算が出来るようになったのかも、
　　　パソコンが使えるようになったのかも、私にも、分かりません。
突然、閃きました。
　　　右も左も分からず、閉じ籠もった、状況だったかも知れません。
　　　閃かなかったかも、知れません。
　　　この本も、書けなかったかも、知れません。

　私の本で、「すべての治療をします。」と言うことになれば、
　　　　　　　　　　　医師等など、必要ないはずです。

　私の本を読んで、
　　「私も病気になれば、本の通りにすれば治るのか！」という
　　　　　　　　考えを持っている人が、実際、います。
絶対に、絶対に、絶対に、間違っています。

私が、「何故、言葉を喋れるようになったのか？、等」のことすら、
　私にも、分からないのに、

貴方には、説明できますか？

私は、運良く立ち直れたのみです。
「治るのか！」という考えを持つ人がいると、
　私が、困ります（特に、高次脳機能障害）。　今一度、言います。
素人の私は、**責任持てない**ので、
　　　　　　　　　　　講演会は、絶対に、やりません。
（しかし、だからこそ、
　　「貴方自身で、努力することが、大切だ。」と、思います。）

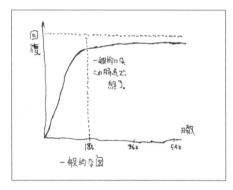

一般的な、リハビリの図。

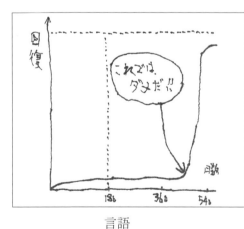

言語

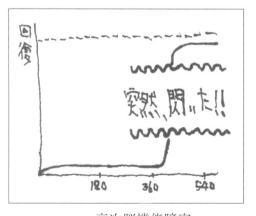

高次脳機能障害

私の場合の図。（特に、高次脳機能障害の図。
突然、閃いた！！　スイッチが入った！！　回路がつながった！！）

92

すなわち、「手記　こっちに、おいで・・・」に、書いたように、
　　　　急性期、回復期、維持期と、分かれているけれど・・・

　　私の体験からすると、
　　"脳卒中は、改善する可能性がある。" と、思います。

　　"じ〜〜〜、としていても、始まらない。" と思います。

「リハビリ施設に、通っているから、機能のことは、大丈夫。」とは、
　　　　　　　思わないこと が、大切かと、思います。

『週１回、２０分程度のリハビリのみでは、
　　　　　　　　悪化するばかりだ！！』と、思います。

先にも書きましたが、
　　　　「**素人**の上手く行った本・簡単に治る本を探す」や、
　　　　　　　　　　　　　　　　　「病院ばかり探す」、
あるいは、「なんで、こんなことに、なったのか・・・」
　　　　　と言って、愚痴ばかり言い続けても、
　　　　　　人生の時間が、勿体ない、と思います。

あなたは、どちらを選びますか？

また、「脳卒中になってしまった！」とは、

『後遺症』の問題だ！"と思います。

脳卒中になる。→「失語症になる」、「半身不随になる」、
　　　　　　　「高次脳機能障害になる」等は、
　　　　　　　　　　　　　　　すべて、『後遺症』と言える。

ですから、『脳卒中は、治りますか？』と聞かれたら、
　　　　　『後遺症は、治りますか？』と同義と思います。

補足

ある医師Aが、言われる。　「脳から離れていくと、
　　　　　　　　　　手先、足先は、どうしても、鈍くなってくる。」

ある医師Bが、言われる。　（貴方の場合、例えば、）
　「左手で、右手を支えて、運動させれば、いい。
　　左脚で、右脚を支えて、運動させれば、いい。（写真は、略。）」

　　貴方の場合、10年余が経ったと言うが、・・・・・
　最近は、揉んでいないでしょう？
　上腕が、こわばって来ている。　同時に、冷たい。

以前は、写真のように、
　　　　　掌が伏せられた。
が、今では、伏せられない！！

拘縮・萎縮を、起こさないように！
掌、肘の裏側、膝裏あたり！！」と、言われる。

6章　くよくよしていても、始まらないです！！

人生の時間が、勿体ないです！！
まずは、やれることから！！

私は、倒れてから、10年余が、過ぎてしまいましたので、
　　　　　　　　　　　　　　　これからは、あなた方の番です。

10年余も、この様な生活をしていると、何人もの方を、見てきました。
　（イスに座ってばかりで、歩けなくなっていく方、
　　屈伸運動もやらないで、腕が拘縮しまった方、
　　倒れた当初は元気だったが、
　　　　　サボっているうちに、（昼寝ばかりしているうちに、）
　　　　　1年足らずで、認知症になってしまわれた方、等・・・）

車イスでの生活、寝たきりでの生活に、入ってしまうと、
　「二度と、元通りの生活には、戻れない！！」と、
　　　　　　　　　　　　　　　　私は、考えています。

例えば、「作業所に、行き始める」とかも、ありますよ。
　　　　（前半に、書いてあります。
　　　　　作業所での作品は、数ページ先に、あります。）
　　　　　　　　リハビリとは、治すことのみでは、無いです。）

以下に、私が取り組んでいること（①〜③）を、あげます。

並行して、言語訓練、運動等を、やって下さい。
　『改善する可能性は、ある！！』と、思います。

もう一度、言います。
「治りました！！」と、『改善する可能性は、あります！！』とは、
　　　　　　　　　　　　　　　　　　　違います。

　　　　　『改善する可能性がある。』に、賭けてみて下さい。

7章　「脳卒中が、治る。」、と言う、言葉は？

テレビ等で、脳卒中のことに関して、
- 「切開して、取り除く。」
- 「薬で、溶かす。」
- 「バイパス手術で、新しい道を作る。」
　　　　　　・・・等の言葉を、よく、見ます（聞きます）。

「手術は、成功しました。」という言葉も、よく、耳にします。

では、『脳卒中が、治りました。』という言葉は？？？

『根治は、完治は、
　　　　現代医学では、無理』かと、思います。

何処かに、損傷があるかと、思います。

『100％、元通りに、治す』ことは、無理かと、思います。

素人の、『脳卒中が、治りました！』は、

妄想の産物だ、自慢話でしか無い、
　　　　　　　　　　と、思いますが、如何でしょうか？

「脳卒中に関しては、

『治りました。』という言葉は、**無い**」と思います。
　　　　　　　　　　（**素人**の、吉村正夫の見解です。）

脳卒中は、『国が定めた、特定疾患』なので、
　　　　　　　おいそれとは、治らない、と思います。
（脳卒中は、国が定めた、特定疾患の 16 種類の内の、ひとつです。）

人は、誰しも、50 歳を過ぎれば、
　　　　小さな脳梗塞の 1 つや、2 つは、あると思います。

それを、**素人**が、大げさに、騒ぎ立てて、
　　　『脳卒中が、治りました！！』と言うから、
　　　　　　　訳が分からなくなってしまう、と思います。

（噂を聞きつけ、あるいは、投稿により、テレビ局が来る。
　　　　→テレビ局は、テロップ等を流せば、
　　　　　　　　　　責任逃れのテも、あります。）

[注：自慢話をする際は、例えば、
　　　　　　　　「レベルごとに分けて！」を、やって欲しいです。
　　例：レベル２：50日で、退院。　　見た目、異状なし。
　　　　レベル９：５年間、意識も戻らず。　　等]

貴方『のみ』の、ことでしょう？
『すべて』の方が、治りますか？　　『すべて』の方を、治せますか？
　　脳の説明は、出来ますか？

　　例えば、貴方の脳画像を、見せて下さい。
　　私の脳画像と比べて、如何ですか？
　　　　　　　　（数ページ先にある方のことも、読んで下さい。）

これらのことは、現在、いずれも、
「脳卒中という、くくり」で、締められている。

もう一度、言います。

『すべての脳卒中は、
　現代医学では、根治・完治は、無理』
　　　　　　　　　　　　　　　　　　　かと、思います。

素人の、『脳卒中が、治りました！』は、
　　　　　　　　　　妄想の産物だ、自慢話でしか無い、と思います。

素人は、**素人**らしく、黙っていて欲しいです。
　　　　　　（「失語症のすべてが分かる本」の著者も、同じことです。）

それより、新しい取組を始めては、如何でしょうか？

8章　新しいことへの取組。　　参考：①

「微笑みましょう！　自由に！（書こう！　描こう！　創造しよう！）」

鍋島圭子さんの言葉です。（失語症等を、患って見える方。）

　「病気（後遺症）ですので、
　　　それなりに受け入れ、**自然に、**暮らしています。」
（鍋島さんの、絵手紙は、
「改訂版　実録　失語症からの改善記録・訓練帳」を、見て下さい。）

以下、私の作品等を、見て下さい。　　**素人**の、作品です。

　　　（ぼ～～～、として、テレビばかり見ていることは、
　　　　　　　　　　　やめたほうが、いいと、思います。）

私は、当初、自費出版の本：「手記　ありがとう」を、出しました。

自費出版、しかも、地元の印刷屋さんで、いいので、
　　　　　　　　　　「体験談を書こう！」を、勧めます。
（注：でも、「評判が、いい！」としても、
　　　　　　　　　　"もう、在庫がありません。"と、断ることです。
　　また、全国版にすれば、
　　　　　　　1000部で、約200万円もの費用が、かかります。
　　　『儲けは？』　高々、数％です。　よく、考えて下さい。）

　また、は、**家族と一緒に、または、**
　　　　　　　　　　仲間と一緒に、同人誌を書くことを、勧めます。
　　　（季刊誌等で発行していけば、長く続くと思います。
　　　　　　　　　　ネタを探すことも、楽しみなことです。）

他にも、書、貼り絵、切り絵、組紐、陶芸、木彫り等、また、
　　　　　楽器演奏、料理、諸々、考えて下さい。　自由に！！

組紐キーホルダー（組紐は、8本組の物です。
　仕上げは、作業所の職員さん。　右手は、利きません。（写真））

私の写真（「日暈(**ひがさ**)」　外出リハの時、左手のみで、撮りました。
　私が使っている物は、2万円ぐらいの、コンパクトカメラです。）

（「失語症写真部」のことは、参考：③に、詳しい説明が、あります。）

私の絵（抽象画　左手のみで、描きました。）

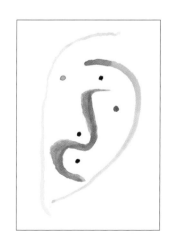  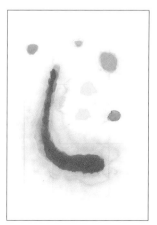

「犬」
　（2018年の干支　落書き）

「自画像」
　（私にとっては、完成です。）

「犬」（落書き）：
　　左手で、適当に、犬の絵を描き、
　　　適当に、2色で、色を塗りました。

「落書き・模写」と、
"塗り絵"は、持って非なる物です！！

諺（ことわざ）：
　　「眉毛の乱れている人は、心も乱れている。」

「犬」は、色鉛筆と、ペン。　　「自画像」は、木炭画。
「抽象画」（左）は、水性絵具。
　　　　　（右）は、水性絵具を、習字紙でボカシをやった物です。

＊：例えば、犬・自画像・抽象画等の、ハガキを出す・
　　　　　　画集を作る・作品展に出す・個展を開く、等。

"絵でも字でも、うまくかこうなんて、とんでもないことだ。"
　　　　　（熊谷守一：「画壇の仙人」と呼ばれた、日本の画家。）

「何も、出来ない。」では無く、
　　　　"何でもいいから、やってみよう！！"

　　　　（その①、終わり。　並行して、②、③。）

9章　新しいことへの取組。　参考：②
　　　「みんな、生き生きと、生きている！」

私も入れてもらっている、“岐阜若い失語症のつどい”一周年記念文集。
　「わたしは、こういう人です！」より、抜粋。

画：福岡　武利

感謝（ありがとうございます）
（字は、天白すなおさん。）

代表者：馬渕敬さんのことを、少し、紹介します。

"私は、脳梗塞になり、失語症・右半身不随になりました。
「もう、教師は無理だな。」と、途方に暮れていました。

退院してから、「愛知若い失語症者の集い　みずほの会」に、
　　　　　　　　　　　　　　　　　　　　　参加しました。

そこで、目にした光景は、とても衝撃的でした。
「みんな、生き生きと、生きている！」

私は、そのころ、自分のことで、精一杯で、
　　　　　　　　　気が付けば、ため息ばかり・・・・・
　　　　　　　　　　　生きる希望を、無くしていました。

でも、「みずほの会」に参加したら、
　　　そういう後ろ向きな気持ちが、どこかに、行ってしまいました。

「岐阜にも、こういう会が必要だ！」、
「岐阜にも、たくさんの方が、
　　　　　　　失語症で、苦しんでいるに、違いない！！
そういう方たちと、一緒に、活動していきたい！」と、
　　　　　　　　　思うようになりました。　（以下、略。）"

"脳梗塞で、失語症・半身不随になり・・・"、
"脳内出血で、高次脳機能障害になり・・・"、
"脳動静脈奇形で、失語症になり・・・"
"(10代の時、)交通事故で、高次脳機能障害・失語症になり・・・"、
　　　　　　　　　　　・・・・・・、と、人それぞれでした。

「岐阜　・・・」と言う名称が付けられていますが、
　　　　　　　　　　　各地から、参加していらっしゃいます。
　岐阜、愛知、静岡、兵庫、神奈川、等。　約50人。

文集では、「文章は、母親に作って（書いて）もらい、
　　あとは、私が、模写しました。」という方も、おられました。
　　　　　　　　　　　　　　　（高次脳機能障害の方。）

「ドラマ番組では無いですが、
　　“子供の結納が終わり、その時、脳梗塞で倒れ、
　　　　『結婚式を、無しにしようか?』”と言われ、
　　　　　ショックでした。」という方も、おられました。

また、リハビリのことや、趣味等のことも、書かれていました。

例えば、“読書”、“自主訓練”、“スポーツ観戦”、“オセロゲーム”、
　　“散歩、ウォーキング”“孫と一緒に、絵描きや折り紙をすること”、
　　“映画鑑賞”、“カラオケ”、“ショッピング”、
　　“パズル（間違いさがし、等）”、“ヨガ”等。
　　“名古屋にも、出かけています。”という方も、おられました。

「失ったものも、沢山ありますが、少しずつ、前へ、進んでいます。
　皆様に、お会いできた事、大切にしていきたいと思います。」と、
　　　　　　　　　　　　　　　書いている方も、おられました。

［注：全国には、100ぐらいの失語症の会が、あるそうです。

　　　また、高次脳機能障害の会も、あるそうです。

　　別に無ければ、作るだけです。（下記の手紙、参照。）
　　言語聴覚士の方と、相談してみて下さい。

　　また、半身不随の方も、同様です。
　　理学療法士、作業療法士に、相談してみて下さい。

　　閉じ籠もってばかりでは、どうしようも無い、と思います。］

青森県：岡田理砂子さんからの手紙（2017.5.6.）。

はじめまして。
私は 青森失語症友の会 の岡田と申します
吉村さんの本を2冊購入させていただきました。
私の主人は 47才の時 脳塞栓で倒れ
右マヒ 全失語 と診断されました。（現在52才）
左脳の多くがやられ 8割がた 危ないと宣告。
私は こんな状態で助かっても 本人がましむだけと
あきらめましたが 本人は 生きることを選びました。
6ヶ月の入院中、失語症の方に会うこともでき、
この先、どうやって 生活していけばいいのか 不安をかかえ
たまま、退院。病院の訪問リハビリが 半年で
終了するので、STとの関係が切れる前に
なんとか したいという思いで、友の会のちらしを作り
ST協会 や、ケアマネの集まり等で 配ってもらい
現顧問である 川田ST と知り合い、友の会を
結成することができました。川田STのいる病院を
拠点にしているので、失語症だけでなく脳疾患
全般の会に なりつつありますが、自分が求めた
つながりを、同じように 求めてくる人達の 助けに
なれたらと 続けています。私は 会を立ち上げた
だけで、皆さんが やりたい事、行きたい所を提案して
くれるので、楽しく やっています。人前にでることが嫌で
しばらく 不参加だった 主人も、今では楽しみに
してくれています

主人は 吉村さんのような「なにくそ！」という
やる気が なくなってしまって、少しじれったく感じますが
それでも 少しずつ 良くなっています。

2017.5.6　岡田理砂子

（その②、終わり。　並行して、③。）

104

１０章　新しいことへの取組。　参考：③
　　　　「自分の気持ちを表すように！」

以下、私も入れてもらっている、「失語症写真部」の管理者：
　　　　　加藤俊樹さん・米谷瑞恵さんからの、コメントです。

「失語症写真部」は、失語症の方々の写真投稿ページです。
失語症の方ならば、どなたでも、自由に写真を投稿していただけます。

　管理者の加藤俊樹は、2012年7月に脳出血の後遺症で
　　　　　　　　　　　　　　　　　　　失語症になりました。

思うように言葉が出なくなったとき、
　　　　フェイスブックに写真を投稿して、
　　　　　　自分の気持ちを表すようになりました。

　自分と同じように「言葉で伝える」のが難しくなった方々が、
写真で気持ちを伝えあえないか。
　そう考えて、このフェイスブックグループをつくりました。
（中略）
　失語症の方、写真でコミュニケーションしませんか？
言葉がうまく出なくても、大丈夫。
　　　　　　写真投稿で、気持ちを伝えあいましょう(^^)」

加藤俊樹さんの作品。
　（加藤俊樹さんの写真集：「失語症」が、発売されています。）

　（他にも、いろいろな、グループ等を作って、活動している方々が！）

１１章　半年、1年半、2年半、6年半、10年と言う期間は、
　　　　　　　　　　　　　　　　　　　　　長いでしょうか？

喋れる・立ち歩き・文字が書ける・
　　　　　パソコンが使えるようになったこと等々は、
　　　　　　　　　　　　　決して、自慢することでは、ありません。
自分でも、何故、"パソコンが使えるようになった等"は、
　　　　　　　　　　　分かりません（高次脳機能障害の改善）。

先にも書きましたが、
「言語訓練は、3年〜20年かかって、治療する物だ。」と言われます。
　　　　　（半身不随・高次脳機能障害のことも、同じかと、思います。）

勉強会

①：「障害者」と呼ばれる方は、
　　　　　　　　　何人ぐらい、いらっしゃるか、知っていますか？

　　・普通学級は、・・・

　　・私の様に、言葉が不自由にになって、
　　　　　　　　　　　　　　　　閉じ籠もってしまう方もいます。
　　　失語症・高次脳機能障害は、『目に見えない、障害』です。

　　・せめて、「障害者」ではなく、
　　　　『チャレンジド・ピープル』という言葉に、変えて欲しいです。

［注：正解は、分かりませんが、概数を、述べます。
　　日本の調査によると、2005年度時点で、
　　　　身体障害者数は、約370万人。
　　　　知的障害者数は、約　55万人。
　　　　精神障害者数は、約300万人。
　　　　　　　この数は、全国民の約5%に相当する訳です。
　　つまり、日本人の約20人に1人が、
　　　　　　　　　障害者と言える訳です。（普通学級は・・・）

　　私のような、失語症者は、まだ、この時点では、
　　　　　　　　　　　　　　　統計に含まれていません。

失語症の調査は、2016 年度から、始まっています。
（また、今（2017 あたり）、国では、
　　　　　　　　障害者雇用率：2%を目指していますが・・・
　　　　正規雇用となれば、もっと、少ないはずだと思います。）］

（2010 年 1 月ごろの、手紙のやり取りです。）

私は悲しい。

食事の帰り、貴女は、こう言った。

中学の先生と話していると、
　　　"岐阜大学のどこに受かったの？"と、聞かれて、
　　　　　　　　「特別支援学校です。」と、答えた。

　　"な〜〜〜んだ・・・・・・"

頑張れよ！　　　教員試験に向けて、頑張れよ！！
　　　　　　　また、先を見据えて頑張れよ！！

　　また、何時か機会でもあれば、食事に行きましょう。

折り返し、手紙が来る。

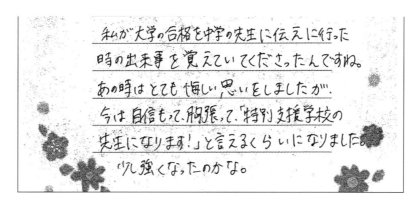

（特別支援学校：
　　障害者等が、準じた教育をうけることを、目的とする学校。）

②：倒れてから、半年で、口真似を習いました。
　　同、1年半で、自分で、平仮名が書けました。
　　同、2年で、「本を出そう！」という気になりました。
　　同、2年半で、自費出版の本を、出せました。
　　同、6年半で、全国版の本を、出せました。
　　同、10年で、続篇も、出せました。
　　　　　　私の失語症等は、本と共に、改善して来ました。

さて、半年、1年半、2年半、6年半、10年という期間は、
　　　　　　　　　　　　　　　　　　長いでしょうか？

脳卒中で、倒れた経験から言わせてもらうと、
　　　　　「焦らず、我慢。　焦らず、我慢！
　　　そして、努力。　努力！　努力！！」です。
　　　　　　　突然、閃くかも知れませんから。

脳卒中で、倒れてから1ヶ月程度で、
　"もう、ダメだ・・・"と言うのは、
　　　「まだ、早すぎます！！」と思います。

脳卒中は、治らないかも知れませんが、
「改善する可能性は、ある！！」と思います。

例えば、全然、喋れなかった方が、1年かかって、
　「・・あ・・・り・・が・・・・と・う」が
　　　　　　　　　言えるようになったなら、
　　　　"大進歩だ！　大改善した！"と、思います。

③：人生は、有限です。　無限では、ありません。
　　　　　　　　人生は、一度切りです。
　　　　　　　　　　　（吉村正夫の言葉。　無職）

　　　　　　　　　　　　　　　　　（終）

12章　脳卒中になってしまった方の人生について

脳卒中になり、言葉・体等が、不自由になり、・・・

日本の総人口は、約1億2千万人。
内、脳卒中で、障害を負った方は、約300万人とも、言われる。
脳卒中の内、特に、失語症・高次脳機能障害は、
『目に見えない、障害』です。

失語症の方は、約50万人、と言われています。
　言葉（失語症）が不自由になって、
　　　　　　　　　　笑い声すら出せない方も、見えます。
家族の名前すら分からなくなって（高次脳機能障害）、
　　　　　　　引きこもりになって、困っている家族の方もいます。

言葉を失うこと、文字が書けないこと等は、とても、辛いことです。
仮に、退職金をもらっても、年金が入ってこようとも、
　　　　　　　　　　　　とても、辛いことだ、と思います。
何より、生き甲斐が、無いです。

失語症等になって、愚痴ばかり言っている方もいると、いう話です。
「もう、死んでいくのみだ・・・」とは、あまりにも、悲しいです。
「私を、知って欲しい。」
　何百万人もの患者さんで無く、一個人として、扱って欲しいです。

年間、1万人に1人ぐらいの割合で、
　　　　　　　　　　失語症にかかっていると言われる。
だが、"それが、何になる。　助けて欲しい！！"と言われたら？
十把一絡げにして、事例・症例・統計としてではなく、
一個人として、扱って欲しいです。

日本の言語聴覚士は、大半、言語訓練と、嚥下訓練かな？と思います。
アメリカの言語聴覚士は、
　　　　　言語訓練と、心理学が入ってくる、と言う話です。
　　　　　日本でも、もう少し、気持ちの話をして欲しいです。

この本を読んでいる方は、大半、患者さん・ご家族の方と思います。
気持ちを、分かって欲しいです。

"脳卒中は、治らないよ！"と言う、
　　　　　　　　医師・リハビリの先生等も、いるかと思いますが、
だったら、"『すべて』、諦めて下さい。
　もう、人生は、ここまでです。"とでも、言うのですか？
　　それとも、治らなくても、一生、続けるのですか？
　　　　　　「それは、違う！！」、と思います。

一般的に言われるリハビリのやり方「のみ」では無く、
　　脳卒中の方の、その後の人生、生き方、気持ちを、
　　　　語って欲しいです。　仮に、若い医師・リハビリの先生等でも。

匿名希望の方の投稿より。（言語聴覚士。許可済み。）

『病院のST（言語聴覚士）やドクターが、
　　失語症や高次脳機能障害について、説明しなかった筈がない。

おそらく、説明したのだろう。
しかし、その説明は、家族に全く届かなかった。

失語症友の会を主催するSTは、良かれと思って、
「困っているのは、あなた達だけじゃありませんよ」と
　　　　　　　　　　　　　　　　　　　言ったのだろう。
「みんな、仲間なのだ」と、伝えたかったのだろう。
　　しかし、結果として、
　　　　　　家族は絶望に陥れられ、無為な歳月が無常に過ぎた。

私も、本当に、これでいいのかと思いながら関わっている。
今のところは、かろうじて、細い糸で繋がっているけれど、
　もしかしたら、じわじわと、私も、傷つけているのかもしれない。

我々は、人を絶望させかねない、恐ろしい仕事をしている。

しかし、だからこそ、前向きに働きたい。
　　　我々自身が、絶望してどうするのだ。』

13章　可能性を信じて！！

仕事には、定年がありますが、障害には、定年が無いです。

題名は、"手記　ありがとう"で、中日新聞に載った際（2009.7.）、
ある方から、ご家族の方が、脳卒中で倒れ、
　　『治りますか？』と聞かれ、
　　　　　　　　　　　その時は、私は、意気揚々として、
　　"30分程度のリハビリで、いいはずが無い！！"と答えました。
　　　　　　　　　　本当に、申し訳ありませんでした。

よって、題名も、ストレートに、
　　"『脳卒中は、治りますか？』
　　　失語症・右半身不随・高次脳機能障害との闘い"と、しました。

それに対する結論は、私には、分からないです。

言えることは、テイラー博士の言った言葉、
　　『それは、分かりません。
　　　でも、努力すれば、生活の質は、
　　　少しずつ向上するでしょう！！』が、一番かと、思います。

または、湯上輝彦さん（「片腕のギタリスト」）のように、
『僕は、「治る日が来る」と、希望を持って生きて欲しい、
　　　　　　　　　　　と答えます。（略）』が、いいと思います。

もう一度、言います。
『脳卒中が、治りました。』という、言葉は？
　『すべての脳卒中に対して、現代医学では、
　　　　　根治・完治は、無理』かと、思います。

医師も、『脳卒中は、治ります。』とは、言わないと思います。
リハビリの先生も、脳科学者も、看護師・介護士も、
　　　　　『脳卒中は、治ります。』とは、言わないと思います。
　　　　　　　　　　　　皆、「黙る。」と思います。

脳卒中から、治った気になっている**素人**のみ、
　　　　　　　「脳卒中が、治りました！！」と言うでしょう。
　　　（「医師になってから、言って下さい。
　　　　　　神様になってから、言って下さい。」と、言いたいです。）

（＝でも！！＝）
　　私：脳卒中は、治りませんか？
ある医師Ａ：難しいでしょうね。
　　私：そうですか。　でも、素人の私が言えることは、
　　　『"治らない場合もある"と思いますが、
　　　　努力すれば、改善する、
　　　　　可能性があります。』と言える、と思います。

［注：この文章の意味は、"脳は、「外科的には無理だ」が、
　　　『努力すれば、改善する、可能性があります』"と捉えて下さい。
　　　私の脳（表紙）は、10年余、そのままです。
　　　（出血した部分のみ、脳細胞が、死滅しています。）
　　でも、ある時期から、急激に活性化しました。
　　　表面的（外科的）には、変わらないですが、
　　　　　　　　　　内面的（言語面等）は、大きく変わりました。
　　（眠っていた回路が、活性化した。　または、
　　　　　　他の眠っていた回路が、つながった、
　　　　　　　　　　スイッチが、入った（ような感じです）。］

「治る」、「治らない・・・」と言うのは、
　　　　　　　　　　自分で決めることか、思います。

「病気だ！」と言えば、病気になった気分だし、
「何で、こんなことになったのか・・・」と言い続ければ、
　　　　　　　　　　　　そのままだろうし、
「もう、治らなくても、いいです。
　　　別の目標が、見つかりました！」と言えば、
　　　　　　　　　　　　それは、それでいいし。
　　　　　　　本人次第かと、思います。

私の脳も、「ほうかって置けば、
　　　　　　断線したままの状態だった」かも、知れません。

　　　　諦めず、倦まず、弛まず、歩み続けて欲しいです。

もう一度言います。
　　"仕事には、定年がありますが、障害には、定年が無いです。"

でも、人生は、まだ、残っています。
「せっかく、生き残った命なので、
　　　　まだ、出来ることはある。」と、思って欲しいです。

もう一度、言います。
　　脳は、体の一番、重要な、部位です。
そりゃあ、私も、私の死滅した脳細胞（表紙、参照）を、
　　　　　　　　再生方法・手術方法・治療方法・薬等で、
　　　　　　　　　　　　　取り替える方法があれば、・・・
『"「今のところ」"』、無いでしょう！！
　　　　　　　　　　　　　　（と、思いますが、有りますか？）

風邪
　→うがい、マスク等で、予防する。
　　→罹ってしまったら、
　　　　　　医者に行って、注射等で、治す（他）。
　　→治療をすれば、ほぼ、自然に治る。

脳卒中（ないし、脳卒中の後遺症）
　→突然、倒れる！！
　　→リハビリを、続ける。

　　→治療をすれば、ほぼ、自然に治る？？？？

脳卒中（脳卒中の後遺症）の治療方法等があれば、
　　　　医師、リハビリの先生、脳科学者、研究者、ノーベル賞等、
　　　　　　　すべて、必要無いでしょう！！

『"「今のところ」"』、無い物に振り回されていても、
　　　　　　　　　　　　しょうがないでしょう！！

私は、もう少し、
　「我慢して、極力サボらず、頑張って、可能性を信じて、
　　努力して、改善したい、出来ることを増やしたい。」
　　　と、思います。（治る・治らないは、別問題です。）

　また、「出来るだけ、自然な暮らしをしたい。
　　　　自分の心、気持ちを、大切にしたい。」と、思っています。

2018年の寒中見舞いで、書いたことです。
　『「私は、脳卒中で倒れ、退職しましたが、
　　　　　また、脳卒中で救われた。」と、思っています。
　　まだ、やれることは、残っていました。
　　"脳卒中は、治るでしょう。"と言う人も、います。

　　脳卒中を、もっと、分かりやすく、また、
　　　　　今後の方が困らないようにも、考えたいと思います。』

（私の新たな取り組みの、計画。
　　後日、「倒れてからでは、もう、遅い！！　予防編
　　　　　　　　　　　『脳卒中は、治りますか？』」を、
　　　　　　　　　　　　　　　作ろう、と思います。
　　　　　　　　　　　　　　　その理由は、・・・・・・）

［注：以前の章のことを、もう一度、読んでください。
　　　以前の章の最後の疑問は、素人の私には、
　　　　　　　　未だ、分かりませんが、想像するには・・・

　　　（脳卒中に罹った方の人数は、以前の章、参照。
　　　　レベルの話も、以前の章に、同じ、とします。
　　　　　　　　　（個別の人数は、私が勝手に振りました。））

例：レベル１：薬等で治療する。　　10日で、退院。
　　レベル２：50日で、退院。　　見た目、異状なし。
　　レベル３：90日で、退院。　　多少、不自由でも、生活は出来る。

　　　レベル４〜　　（言い方は、悪いが、）
　　　　　　　　大半の方は、180日で、入院病棟から追い出される。
　　　　　　　（注：**本当に、私の言い方が、悪いです。**
　　　　　　　　　　　　　　　　　　　誠に、申し訳ないです。
　　　　　　　けれども、実際に、どんどん、
　　　　　　　　　　新しい患者さん達が、やって来ます。）

　　　施設等に行くが、困ってしまう・・・
　　　　　　　本等を読むが、・・・　閉じ籠る・・・・・・
　　　言わば、「「脳卒中難民」」になる。
　　　　　　（特例はあるそうですが、私は知りません。）
　　　　　　　　　　　　　（次ページも、参考。）

　　　レベル９：5年間、意識も戻らず。
　　　レベル10：亡くなられる方。

［注：倒れる　→　入院する　→レベル４〜

　　だから、この本で紹介したヒントようなことを、
　　　　　　どんどん、広めていきたいです！！

　　「ぼ〜〜〜、としてするばかり。」は、
　　　　　　『時間が、人生の時間が、勿体ない！！』と、思います。

　　病院等の力を頼りにせず、
　　　　　　まずは、本人・家族で！！！］

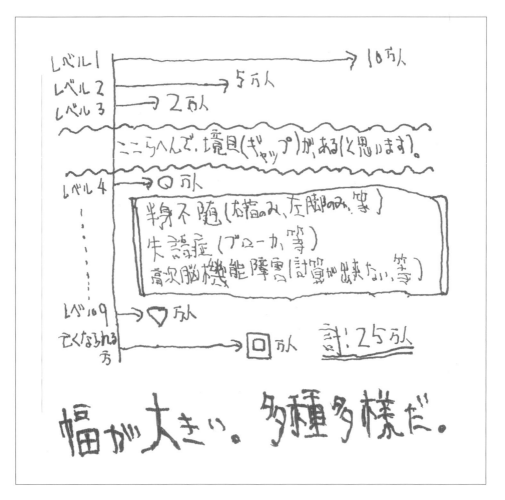

脳卒中になる。　→
　　　　指令が、上手く伝わらない（身体・言語・計算等）。
　　　　人、それぞれ！！（と、思います。）

ですから、日本全国で、脳卒中で、
　　　　継続的な治療を受けている、と、推測される患者数は、
　　　　　　　　約300万人となる、と思います。

私の感覚では、レベル3〜4あたりで、
　　　　『国が定めた、特定疾患』（すなわち、「上肢の全廃等」という、
　　　　　　　　基準が決まる（境目がある）、と思います。

私の考えは、間違っているかも知れませんが、
　　　　脳卒中と言っても、脳の左右でも違うと思いますし、
　　　　　　年齢も（若い方から、高齢の方まで）関係するし、
　　　　幅が大きい、多種多様だ、と思います。
十把一絡げ（じっぱひとからげ）には、いかない、と思います。

「何故、このような本を、出版されたのですか？
                    （と、涙目になって、話しかけて来る。）

私は、小学生の時、祖父が、**脳梗塞**で倒れ、その時は、
　“祖父も、いずれ、立ち直り、また、
　　　　　　　　元気になって来るだろう。”と、思っていました。

けれども、祖父は、寝たきりになり、
　　　　　　　　祖母が、祖父の下の世話をやっていました。
家族一緒に、動物園に行っても、
　　祖父は、涎（よだれ）を、垂らしているし、
　　　　私は、“嫌だな・・・　汚いな・・・”と思っていました。

　中学に進みましたが、祖父は、亡くなりました。
　もう、遅かったです。
　そこで、高校は福祉科を選び、この仕事に就きました。

　　　　この本で、そのことを、**改めて、思い出しました。**」
　　　　　　　　　　　　　　　　　　　　　　　（加藤亜也那さん）

私が言う。
『生き残った者として、あまりにも、**常識外れ**の人が居るので。』

医師が言う。　　「ドライブは、如何ですか？」

リハビリの先生等が言う・書く。　　「治らないよ！」、
「当初の期待を『裏切り』・・・」、「宇宙語を話す患者さん」、等。

医師が、本を書く。　　「すべてがわかる本」等。

診断の権限も無い、素人が言う。　　「治りました！！」
全然関係ない社長が言う。　　「本が売れなくても、知らんよ！！」、
「おかしいな・・・　治るはずだが・・・　ぶひゃひゃひゃ〜〜〜」。

新聞でも、投書等により、記者が来てくれるが、
　　　　　　　　記者は、本人の言うことを、記事にするのみです。
テレビ番組でも、１時間の放映中、10秒足らずで、テロップを流し、
　　　　“ほら、治りました！！”という、番組をやる。　他。

私も含め、脳卒中の方々、**皆、困っています！！**

どれほど、多大な迷惑をかけているのか、分かっていますか？
猛毒の、ウイルスを、ばらまいていることと、同じです。
黙っていて下さい！！　恥ずかしくはないですか？

「失語症のすべてがわかる本」等の、著者も、
気持ちは、分かりますか？

2018年１０月
　　ノーベル医学生理学賞の、本庶佑（ほんじょ　たすく）さんも、
　　　　　　そんなふうなことを、言って居られる。　講演会より。

「(科学的に裏付けのない、がん免疫療法を、)
　　　　　　　　お金もうけに使うのは、非人道的だ。

　わらにもすがる思いの患者に、
　　　　　　証拠のない治療を提供するのは、問題だ。」

　　　　　　　　（脳卒中も、同じことだ、と、思います。）

脳卒中になって、
　　　“早く治らないかな・・・・・・”と言っても、
　　　　　　　　　　　　　「無理だ！」と、思います。
脳卒中は、「皮膚のケガ・キズ」では無く、
　　　　　　　「脳のケガ・キズ」なので、
　おいそれとは、治らない、と思います**が、**それでもなお、
　　「改善する、可能性がある！！」と、
　　　　　　　信じて、やって欲しいです！！

病院・施設でのリハビリは、
国の法律で、時間等の制限が決まっているので、
　　　　　　　　やってくれない「のみ」です。
　　　　自分でやる分には、**自由です！！**

『脳卒中は、治りますか？』

それは、**素人**の私には、分かりません。

けれども、医学等は、日々、進歩し続けています。
　治療法・薬等が、開発されるかも知れません。
　脳の仕組みが分かる日も、来るかも知れません。

ですから、あなた自身・ご家族の方・周りの方等も、
あなた自身が、「改善する、可能性はある。」と
　　　　　　　　　　　　信じて、歩み続けて欲しいです。

脳卒中で倒れても、また、起ち上がって欲しいです。

倦まず、弛まず、諦めず、そして、
　「人生を、生き生きと、生きています。」
　　　　　　　　と、言って欲しいです。

脳卒中（失語症・半身不随・高次脳機能障害）の方々。

　特に、失語症・高次脳機能障害の方々。
　　「そんなことも、分からないのか！！」、
　　「早く言えよ！！」と、言われて、
　　　　悔しい思いをすることもありますが、あえて言います。

頑張って下さい。

何かで、読みました。

「障害者は、人生の先輩だ。

人は、誰しも、いずれ、年老いていく。
認知症になるかも知れない。
大半、杖をつくし、車いすも、使うようになる。
寝たきりにもなる。　そして、死んでいく。」

私は、言いたいです。

「中途障害者は、仮に、元通りの生活に戻らないとしても、
新たな人生を、歩むことが出来ます。

障害者は、人生の先輩だ。（中略）そして、死んでいく。

だが、その前に、何を為すべきか？」

と、思います。　私は、本が書けました。

脳卒中（失語症・半身不随・高次脳機能障害）の方々。
"「大丈夫です。　元気です。　生き生きと、暮らしています。」と、
周囲の方に、語ってくれれば、・・・"
というのが、私の願いです。

脳卒中経験者の方に、言います。
（特に、原因不明で、脳卒中になられた方。
まだ、脳卒中の原因は、不明だ、と言われますが、
遺伝かも知れない、とも、言われますから。）

ご家族の方、ずっと、孫子の代まで続く方のために、
こう、言ってあげて下さい。
『こんな食生活は、控えて（塩分、飲酒、たばこ等）、
ほんの少しでも、運動等を、やって欲しい。
気を付けて欲しい。』
こういうことも、「自分が生きた、証になる。」と、思います。

また、健康な方は、そのまま、健康を、維持し続けて下さい。
　　　　　　　　　　　　　　脳卒中には、気を付けて下さい。

この本（私の手記）は、参考になりましたか？
少しでも、参考になったら、幸いです。
“参考になりました。”と言われる方は、
　　　　　　　　　　　　　本で登場した方に、感謝してください。

吉村正夫は、「脳卒中で倒れ、立ち直ったのみ。」の、ことです。

言語聴覚士：森田先生からの願いは、まだ、続きますが、
　　　　　　　　　　　　　一旦、終了とさせていただきます。
　　何時、私の身に、何が起きてもいいように、一旦、筆を、置きます。

（2021.1.現在。　私の歩行（臀部の筋肉、左の膝が痛い等）が、
　　　　　　　　　　　　　　　　ダメになっています。
　　　　　転ぶ、回数が、増えました。　まだ、60歳なのに・・・
　　　　　　　　　　　でも、命ある限り、足掻きます。）

何故、生き残っているのか・・・

“そっとして、おいてください・・・”と言われた方への、
　　　　　　免罪符は、終わりでは、ありませんが、・・・

　　　吉村正夫の永遠に消えない、人生の最大の罪ですから・・・

　　　　　　　　　　　　　　　　　　　吉村正夫

[注：新しい本が、登場することを、祈っています。
　　「脳卒中など、無くなれば、いいのに・・・」と思っています。]

[注：2018年12月　現在のことを、書きました。
　　　法律等、順次変わっていくと思います。　ご了承ください。]

１５章　　　補足

　このマークは、**ヘルプ・マーク**です。

岐阜県では、2017年8月1日から、
　　　　　　　　　　　　福祉会館等で、配布が始まりました。
　義足や人工関節を使用している方、内部障害（失語症、高次脳
機能障害等）や難病の方、または妊娠初期の方など、外見から分か
らなくても、援助や配慮を必要としている方々が、周囲の方に配慮を
必要としていることを知らせることが、できるマークです。

　マークの意味が分からず、普及はこれからだ、
　　　　　　　　　　　と思いますが、普及して欲しいものです。

＝御礼＝　本を、購入・購読して下さった方。
お陰で、また、困っている方に、次の本が、出し続けられます。
ありがとうございます。

この本が、「参考になった。」と言われる方は、
　　　　　　　周りの方にも、勧めてあげて下さい。　お願いします。

お願い
　レビュー・感想を、アマゾン・楽天等に、書いていただければ、
　　　　　幸いです。（風媒社には、書く欄が、ありません。）
　　　　　　　　　　　症状は、人、それぞれです。
　のちに、続くだろう方のために、よろしくお願いします。

「この本は、私の宝物だ！」と言われる方は、いいですが、
　　　　　　　　他の方は、高等学校等に、寄贈して欲しいです。

吉村正夫と連絡が取りたい方は、
巻末にある、風媒社行（吉村正夫行）に、手紙・感想等・
切手（転送代です）を同封して、送って下さい。　転送してくれます。
または、フェイスブックより、連絡を、お願いします。

お断り事項　お願い［障害者虐待防止法　2012/10/1　施行
　　この本に関する事で、自宅等への訪問はお断りします。
　　　　　　　　　　　　　　　　然るべき措置をとります。

　　本で、書いたことが、全てです。
　　手紙、フェイスブックはやりますが、講演会等は、やりません。
　　　私は、高次脳機能障害が改善した理由が分かりません。
　　　　　　　　　責任持てないので、講演会等は、やりません。

　　私は、たまたま、立ち直れただけです。
　　　　　　　　（ある方の言葉を借りて言います。）
　　　　　　　　　　　そっとして、おいてください・・・

また、返事が来ない場合は、
　　　"吉村正夫は、もう、居ないのか・・・"と、思ってください。

＊最後に＊　文中、文句めいたことを書きましたが、
　　　　　　　これは、風媒社の責任ではなく、吉村正夫の責任です。
　　　（病院等の許可は得ています。
　　　　　　　　　他は事実です。　虚飾はありません。）

　　この本を書いた事で、仮に一人ぽっちになろうとも、
　　　　　　　　　　　事実なので、書かせてもらいました。
　　脳卒中で困っている方に向けて、書いたつもりです。
　　　　一度は、失った命。　文責は、吉村正夫にあります。(終)

［注：今回の本は、これで、すべて、終りです。
　　　よほど、誤記等は、無いと思いますが、
　　　　　　　　　もし、あったら、ご了承ください。］

「木の切り株から、また、木。
切り株の樹種は、針葉樹。　生えてきた樹種は、広葉樹。
逞しい！！（たくましい！！）」

（施設：「シクラメン」の、中庭にて。　写真：吉村正夫）

［注：脳卒中（切り株、針葉樹）になろうとも、
また、新たな道（広葉樹、芽）が、拓ける！！

中途障害者は、仮に、元通りの生活に戻らないとしても、
新たな人生を、歩むことが出来ます。］

終わりに：「倒れてからでは、もう、遅い！！　予防編
　　　　　　　　　　　　　　　『脳卒中は、治りますか？』」

「倒れてからでは、もう、遅い！！」は、
　　　　　　　　2020 年 4 月に、配布しました。（小冊子、16 ページ。）

知人には、私の手紙と、
　　　　　　　「倒れてからでは、もう、遅い！！」を、送りました。
また、各団体（日本脳卒中協会、スピーカーバンク等）には、
　　　　　　　「倒れてからでは、もう、遅い！！」と、
　　　　　　　　　　　　　　　　　　下記の手紙を、送りました。
また、各都道府県（健康管理課等）には、
　　　　“『私物』ですが、よろしければ、読んで下さい。”と言って、
　　　　　　　「倒れてからでは、もう、遅い！！」と、
　　　　　　　　　　　　　　　　　　下記の手紙を、送りました。

[　各団体・各都道府県に送った、手紙。　]

『私の体験を基にして、脳卒中の実情・実態を、知ってもらうため、
　　　　　　　　　　　　　　　　　　　　小冊子を作りました。

「倒れてからでは、もう、遅い！！　予防編
　　　　　　　　　　　　　　　『脳卒中は、治りますか？』」

別段、自慢話では、ありません。
「後手に回っていては、どうしようもない！！」
と、思います。

2018 年 12 月　　　国会で、
　　　「対策基本法成立　国などは心臓病や脳卒中の予防対策へ」と
　　　　　　　　　　　　　　　　　　　　いう物が、成立しました。

倒れて、入院費を払い、一生、不自由な生活を送るよりも、
　　　『“脳卒中は、こんな、恐ろしい病気です。
　　　　1％の方でも、1 人の方でも役に立てたならば、いいな。
　　　　　　予防に役立てて下さい。”』と、思っています。

　　　　　　皆様の健康を、祈っています。　　　吉村正夫　』

倒れてからでは、もう、遅い‼

ー予防編ー

『脳卒中は、治りますか？』

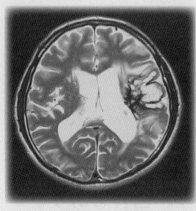

右脳　　左脳

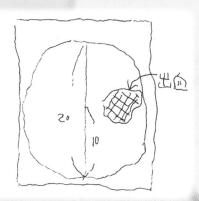

右脳　　左脳

写真は、私の脳を、断層撮影したものです。
出血範囲は、8㎝あります。
　　　　　5㎝を超えると、手術不可能だ、という話です。
写真は、反転しているかもしれないが、文章通りで合っています。

私の脳細胞は、出血した部分のみ、**死滅しています。**

吉村正夫 著
（協力者、多数あり。）

127

前書き

失礼します。　吉村正夫、と言います。（略）

さて、脳卒中とは、具体的に、何を思い浮かべますか？
「脳の病気でなる。」　では、どんな症状がありますか？
　　　具体的には？　半身不随でしょうか？　その他は、無いですか？
　　　　　　　　失語症・高次脳機能障害等は、知っていますか？

「おおむね、お年寄りの方が、なる病気だろう。」と考えている人、
また、「脳卒中になっても、治るだろう！」という考えを、
　　　　　　　　　　　　　　持っている人は、いませんか？

大間違いです！！！

脳卒中は、階段から、転がり落ちて、なる、可能性があります。
脳卒中は、交通事故でも、なる、可能性があります。
脳卒中は、青年・子供さんでも、なる、可能性があります。

寝たきり、亡くなってしまう、場合もあります。

　脳卒中とは、具体的には、まだまだ、認知されていません。
　私が経験したことですが、参考になれば、幸いです。

目次

2章　脳卒中の概略　日本における推計　　　　（省略します。）

3章　吉村正夫の経験。（他の方の経験。）

2007年1月23日、倒れた・・・　　（当時、46才。）

　（（大幅に、略します。））

2010年7月22日　教員は、退職し、仕事は、無くなりました。
　　　50歳にして、年金暮らしになろうとは、思いもしなかったです。

2013年4月より、中津川市の作業所に、週1回、通い始めました。
　　　　　　工賃はもらえますが、日に、500円です。
　　（6・12月には、賞与がもらえますが、想像してみて下さい。）

　　　　　　　　　　　　　（吉村正夫の経験・体験談、終。）

ある元同僚の先生の、経験から。（私との会話から。）

ある日、父親の様子がおかしくなった。
覚えていることが、あった。
　"「ら、り、る、れ、ろ。」と、
　　　　　　　　ハッキリ、言ってみろ！！"

言えなかった・・・　即座に、病院行き。
　　　　　　　案の定、脳梗塞だったそうです。

　　　　　　　［注：他の方の文章は、本文、参照。］

4章 「脳卒中が治る。」、と言う、言葉は?
　　　　　　私は、運良く、改善した・助かったのみです。

脳卒中は、『根治は、完治は、
　　　　現代医学では、無理』かと、思います。

脳卒中は、『国が定めた、特定疾患』なので、
　　　　　　　　　　おいそれとは、治らない、と思います。
（脳卒中は、国が定めた、特定疾患の 16 種類の内の、ひとつです。）

素人の、『脳卒中が、治りました！！』は、
　　　　　　妄想の産物だ、自慢話でしか無い、
　　　　　　　　　　　　　　と、思います。　　（（中略））

私の周りの人たちも、
『吉村正夫が、倒れた。
でも、言葉も喋っているし、字も書いている。　体は不自由だが・・・
　　私も、脳卒中になったら、リハビリを、続けていれば、
　　　　いずれ、治るだろう！！』と、思っているらしいが、
とんでもないです！！　大間違いです！！

私が、「何故、言葉を喋れるようになったのか?、等」のことすら、
　　　　私にも、分からないのに、貴方には、説明できますか?

もう一度、言います。　私は、運良く、立ち直れたのみです。
「倒れた時は、吉村正夫のようにすれば、治るのか！」という考えを
　　　　持つ人がいると、私が、困ります（特に、高次脳機能障害）。
素人の私は、責任持てないので、講演会等は、絶対に、やりません。
改善しない方、亡くなってしまう方も、居られます。

脳は、体の一番、重要な、部位です。
私も、私の死滅した脳細胞（表紙、参照）を、
　　　　　　　再生方法等で、取り替える方法があれば、・・・
　「今のところ」、無いでしょう！！

脳卒中は、「皮膚のキズ・ケガ」では無く、
　　　　『脳のキズ・ケガ』なので、治ることは、難しい、と思います。
これらのことは、現在、いずれも、
　　　　　　　　「脳卒中という、くくり」で、締められています。
だから、「脳卒中が、治りました！！」とか、
　　　　「脳卒中で倒れても、いずれ、治るだろう！！」という、
　　　　　　　　　　訳の分からない話が、出て来ると思います。

脳卒中と言っても、脳の左右でも違うと思いますし、
　　　　　　年齢も（若い方から、高齢の方まで）関係します。
脳卒中になっても、体は、普段通りに、ピンピンしている人もいるし、
脳卒中になって、**寝たきりに、**或いは、**亡くなってしまう方もいます。**
幅が大きい、**多種多様だ、**と思います。

　　　　私　　　：すべての、脳卒中は、治りませんか？
　　　ある医師A：難しいでしょうね。

脳卒中のこと、脳卒中患者のことは、
　　　　　　　　まだまだ、**認知されていません。**

脳卒中は、国の特定疾患です。　治りません！！
恐ろしい、病気です！！

　"頭が、痛い・・・　　何か、変だ・・・
　　　でも、そのうち、治るだろう！"とは、
　　　　　　　　いかない、恐ろしい、病気です。

　　　　我慢せずに、「医師」に、相談してください。
　　　　　　医師ならば、責任持って、対処してくれます。
　　　　　　　　　　素人では、ダメです！！

　　　　　以上、私の経験談・体験談でした。　　（完）

後書き

脳の病気で、あるいは、交通事故等で、
　言葉も全然喋れなくなってしまった方（全失語）、
　　右・左も分からなくなってしまった方（高次脳機能障害）、
40歳・50歳代にして、特別養護老人ホームに、入所されてしまった方、
　（脳卒中になって、）性格も変わってしまった方、
　　　　怒ってばかり居る方、閉じ籠ってしまった方、・・・
　　あるいは、言葉が喋れなくなって、悩み、自殺してしまわれた方。
　　　　　　　　　　　　　　人、それぞれ、という話です。

脳卒中になったことにより、
　　　　　　　　生活が、激変・暗転することもあります。
ご家族の方を、思い浮かべてみて下さい。　家庭崩壊になることも。
　特に、小さな子供さんが居る方は、考えてみて下さい。
　　子供さんの名前すら、存在すら、分からなくなってしまうことも。
もう一度、考えてください。

具体的な予防策は、
常日頃から、定期健康診断を受ける、
家庭で予防策を講じる
　　　　（塩分、飲酒、たばこ等を控える）を
　　　　　　　　　　実施して、予防に努めて下さい。

人は、誰でも、脳卒中の予備軍です。
「国が定めた特定疾患」にはならないよう、気を付けて下さい。
　　　　　　　　予防が、大切です。

脳卒中は、ある程度、未然に防ぐことが、
　　　　　　　　　出来る病気ですが、

ほうかっておくと、脳卒中は、「普通の暮らし」から、一変、
『国の特定疾病の暮らし（『治らない病気』）』に、
　なってしまう、恐ろしい、病気です。　予防し、気を付けて下さい。

この小冊子は、参考になりましたか？
健康な方は、そのまま、健康を、維持し続けて下さい。
皆様の健康を祈っています。　　吉村正夫

［注：下記の返事は、2020年4月〜に、いただきました。

知人からは、「気を付けます。」。
数団体からは、「参考にさせていただきます。」。

数県（岐阜、兵庫、静岡、他）からは、
　「吉村様が、発病されてからのご経験を、時系列に、
　　　分かりやすく書かれているとともに、例えば、
　“「口真似」のリハビリが有効”、
　“突然、閃いた！　思い通りに、平仮名が書けた！”など、
　　　　実体験を踏まえた、示唆に富む内容でした。

また、「脳卒中は、こんな、恐ろしい病気です。
１％の方でも、１人の方でも役に立てたならば、いいな。」
　　　　との、尊いお志に心から敬意を表す次第です。

冊子は、本県の循環器病対策担当者や、
　高次脳機能障害の担当者のパソコンで、
　　いつでも閲覧できるように対応させていただきます。
　　　　　　関係団体等へも、情報提供します。

本県の循環器病の発症前からの、
　予防対策の充実強化に努めてまいります。」等の
　　　　　　返事を、いただきました。

　　　　ありがとうございました。］

（完）

内容説明と著者略歴

内容説明
　46 歳の時、脳卒中で倒れ、
　　　　　　　失語症・右半身不随・高次脳機能障害になる。
　しかも、入院期間には、約 180 日という制限があった・・・
　この本では、入院期間も終わり、退院後も、
　　なお、諦めず、粘り強く、改善する様子が、書かれています。
　本人直筆の文書や、リハビリの写真等も、多数収録されています。
　いろいろな先生方、一般の読者からの感想も、書かれています。

著者略歴
　1960 年　岐阜県中津川市生まれ。　岐阜県の教員として勤める。
　2007 年 1 月 23 日、脳内出血のため、倒れる。
　　失語症・右半身不随・高次脳機能障害になる。
　　言語訓練・歩行訓練等を、経て、順を追って、改善する。
　2010 年 7 月 22 日　退職。
　　同時に、脳卒中で、困っている方に向けて、
　　　　　　改善記録・ヒント集（写真・図・グラフ等）を、書く。
　　　　　　　　http://www13.plala.or.jp/yosimuramasao/
　2013 年 4 月　中津川市の作業所に通い始める。
　2014 年 6 月　フェイスブック等による、失語症等の活動を始める。
　2019 年 11 月　中津川市の作業所を退所。

脳卒中からの改善　　2
可能性を信じて！！

吉村正夫：著

御礼：
多くの方々のご協力の御蔭で、本を、出版することが、出来ました。
　　　　　　　　　　　　　　　ありがとうございました。

文章の文言は、吉村正夫の記憶に従って、書いてあります。
　　　　　　　事実です。　文責は、吉村正夫にあります。

著書に、
　　自費出版：「手記　ありがとう　失語症・右半身不随との闘い」、
　倒れてから、３年半の思い出を綴った、
　　　「手記　こっちに、おいで・・・　可能性を信じて！！
　　　　　　失語症・半身不随・高次脳機能障害との闘い」がある。

　また、「失語症・半身不随・高次脳機能障害との闘い
　　　　　　　　脳卒中の方の気持ちが、よく分かる本。」、
　　　「『脳卒中は、治りますか？』
　　　　　　　失語症・半身不随・高次脳機能障害との闘い」、
　　　「実録　失語症の改善記録・訓練帳」等がある。

　また、私家版：「倒れてからでは、もう、遅い！！　予防編
　　　　　　　　　　『脳卒中は、治りますか？』」
　　　　　　　（2020.4.　知人・各団体等に配布）がある。

「無断複写・転載を禁ず」

脳卒中からの改善２

2021 年 7 月 14 日　第 1 刷発行
（定価はカバーに表示してあります）

著　者　吉村　正夫
発行者　山口　章

発行所　風媒社
　　　　名古屋市中区大須 1-16-29
　　　　電話 052-218-7808　FAX 052-218-7709
　　　　http://www.fubaisha.com/

印刷・製本／安藤印刷

ISBN978-4-8331-5390-4
無断複写・転載を禁ず。

手記
こっちに、おいで…

可能性を信じて！！
失語症・右半身不随・高次脳機能障害との闘い

吉村 正夫

孔雀王も、ビックリ！！

人間の脳は、摩訶不思議！
読めば、すぐにわかる！！

荻野 真氏（漫画家）推薦

定価（本体1,238円＋税）　風媒社

改訂版　　　　実録

失語症の改善記録・訓練帳

46歳の時、脳卒中で倒れ、失語症に…
しかも、入院期間には、約180日という制限があった…
退院後も、なお、あきらめず、粘り強く、取り組んだ、記録！
いろいろな方法や、先生方からのヒントも！

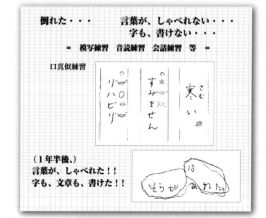

可能性を信じて！！

吉村正夫　　　　　　　　　風媒社

失語症・右半身不随・高次脳機能障害との闘い

脳卒中の方の気持ちが、よく分かる本。

吉村 正夫

失語症は、誰にもわかってもらえない孤独病である。
この本は、脳内出血でことばを失い、
絶望感を抱いていた著者が、
懸命に苦境を乗り越えていった実記である。

在宅言語聴覚士　平澤 哲哉

『脳卒中は、治りますか？』

失語症・右半身不随・高次脳機能障害との闘い

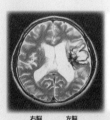 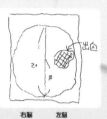

右脳　　左脳　　　　　　右脳　　左脳

写真は、著者・吉村正夫の8㎝ある、脳内出血の画像です。
脳の神経は交差していますので、左右の表現は正しいです。

吉村正夫

風媒社